「友達をつくるため、いざ王都へ！」
BYOJAKU SHOUJO,
TENSEI SHITE
KENKOU NA NIKUTAI
(SAIKYOU)
WO TENIIRERU

“フィアナ、魔法の授業で
絶対に壊れないカカシを
大破してしまう”
エリン
セシリア
アレシアナ

フィアナ

「フィアナちゃん！」
「ようやく見つけましたわ！」
“フィアナ、
クレープの匂いにつられて
迷子になってしまう”

病弱少女、転生して健康な肉体（最強）を手に入れる

～友達が欲しくて魔境から旅立ったのですが、どうやら私の魔法は少しおかしいようです!?～

アトハ　イラスト　狐印

Atoha presents
Illustration by Koin

目次

Atoha presents
Illustration by Koin

プロローグ

Atoha presents
Illustration by Koin

「あーあ、つまらない人生だったなあ」

薄れゆく意識の中。

私は、これまでの人生を思い返していました。


忘れもしない六歳の誕生日。

私に下された診断は、難しい漢字が並んだ何とかという病気でした。

世界で数人しか報告例がない難しい病気。治療法は存在せず、できる事は病院で対症療法を繰り返すぐらいだそう。

(どうせ世界で数人のものを引き当てるなら、宝くじでも当たれば良かったのに)

現実感を欠いたまま、私はそんな事を考えていました。

病院での暮らしは退屈そのものでした。

悲しいかな、この身体《からだ》、ちょっと歩き回ると、すぐに熱を出すのです。絶対安静を命じられ、ベッドの上が私のすべてでした。

家族からはうんと愛されて、それなりに幸せな人生ではあったけど、

（神さま。最期に、私の願いを一つだけ叶《かな》えてくれるなら――）
（次の人生では、健康な身体が手に入りますように！）
最期の瞬間に願ったのは、そんなささやかな未来。
もっとも私は、神さまなんて信じていなかったけど……、
『聞き届けよう。その願い――』
（ッ!?）
意識が完全に消える直前。
私の耳に、そんな声が聞こえてきた――気がしました。
（……幻、聴？）
不思議な体験も、薄れゆく意識の前には関係なく。
そのまま私は、どこかの病院で安らかな死を迎え……、
「おぎゃあ、おぎゃあ！」
気が付いたら異世界に転生していたのでした。

一章 ❤ フィアナ、旅立つ

Atoha presents
Illustration by Koin

一三年の時が流れ――

無事、私は一三歳になりました！

「健康な身体《からだ》って凄《すご》い！」

布団から起き上がり宙返り。

スサッと着地し、私は満面の笑みを浮かべます。

――とある村で、私はスクスクと育ちました。

異世界に転生してからの日々は、それは驚きの連続でした。

健康って、本当に凄いんです。

一日中走り回っても、息切れ一つ起こしません。

どんなに食べても胃もたれすらなく、それどころか数時間後には、お腹《なか》が空《す》いてきます。

グリズリー・ベアとかいうバカでかい熊型モンスターに齧《かじ》られてもピンピンしていますし、崖から落ちても怪我《けが》一つありません。

一〇分歩いただけでぶっ倒れ、階段を踏み外しただけで一日は寝込む――そんな前世の虚弱な身体とは大違いです。

(ありがとう、神さま。健康な肉体、最高です!)

起き上がった私は、顔を洗いに水辺へ向かいます。

映りこんだ自身の姿を見て、改めて異世界の素晴らしさに感謝。

ぷくりと膨らんだ唇に、サラサラの銀色の髪! 不健康な前世のモノとは似ても似つかぬ健康的な肌。そこに映っていたのは、アニメでよく見たファンタジー世界の銀髪美少女そのもの。

なお、断固として育つ気配のない胸はご愛嬌《あいきょう》。

きっと数年後には、立派に育ったナイスバディが手に入る事でしょう。


健康的で、穏やかな毎日に感謝。

私が、神さまにささやかな祈りを捧《ささ》げていると、

『警告! 警告! ルナミリアに、ドラゴンが接近中』

『グリーンタイプが三体! 戦える人は、すぐに迎撃に向かって下さい!』

そんな声が、頭の中に響き渡りました。

見張りによる通信魔法です。

警報を聞いた私は……、

「やった! 今日の晩御飯は、ドラゴンステーキですね!」

目を輝かせながら、村を飛び出すのでした。


転生した私が住んでいるのは、ルナミリアという小さな村です。

育ての親であるアルフレッド――あだ名はアル爺《じい》――によれば、洗濯物を洗うため川に行ったら、カゴに乗せられた私が、どんぶらこっこと川を流れていたそうで、

（な、なんじゃそりゃぁあああ!?）

（神さま！　もうちょっと、アフターケアも頑張っていただいて!?）

それでも奇跡的にアル爺に拾われ、私はどうにか今も健やかに生きているというわけです。

ちなみにアル爺は、ルナミリアの村長です。

転生して間もなく、私は村長の娘なんて肩書きも手にしてしまったのでした。


閑話休題。

村を飛び出した私は、今晩のドラゴンステーキに思いを馳《は》せていました。

（わざわざ向こうから来てくれるなんて）

（親子かな？　若いドラゴンの方が、お肉が柔らかくて美味《おい》しいんだよね）

迎撃したモンスターは、そのままルナミリアに生きる人々の糧になります。

獲れたてのお肉は、まさに絶品。

ドラゴンを丸ごと食べても、ピンピンしている胃袋に感謝！

そのまま私は、森の中を目的地に向かって突き進みます。

しばらく経《た》ち、報告された場所まで辿《たど》り着くと、

「うん！　丸々と肥え太ったドラゴンが三体！」

ターゲットを指さし確認。

地を蹴り飛び上がり、

「えいやっ！」

軽い掛け声とともに、ドラゴンの鼻っ面に魔力《マナ》を込めた拳を叩《たた》き込みました。

ギャアアアァァァ！

拳を受けたドラゴンは、情けない悲鳴をあげながら墜落していきます。地面に叩きつけられ、ドラゴンはピクリとも動かなくなりました。

（うん、絶好調！）

拳にマナを込める格闘戦も、随分と板に付いてきた気がします。

「さてと残りも……って、あぁぁぁぁ!?」

チラッと残りのドラゴンを見ると、泡を食った様子で飛び立った後でした。

「待って！　私の晩ごはん～!?」

いくら嘆いても、時すでに遅し。

私はさめざめと泣きながら、獲物（ノックアウトされたドラゴン）をずるずる引きずって村に戻るのでした。

＊＊＊

私の故郷であるルナミリアの村は、ド田舎という表現がぴったりののどかな村でした。

「フィアナや、また腕を上げたようじゃな」

「はい！　その……、二体ほど取り逃がしてしまいましたが――」

「もう、フィアナちゃんったらおっちょこちょいなんだから。だから魔弾《フレアブリッド》の火炎ぐらいは覚えた方がいい、って言ったのに」

村に戻った私を迎えたのは、腰から刀をさげたおじいちゃんと、エルフのお姉さん――アル爺とエルシャお母さん――でした。

二人は、私の育ての親にあたります。

嬉々《きき》として飛び出して行った私を、今日も生温かい目で見ていたのでしょう。

「お母さんは、少し自重して下さい。こないだも指パッチンで火山を爆発させて、大火事起こしてたじゃないですか。消すの、大変だったんですからね」

「てへっ」

ぺろっと舌を出すエルシャお母さん。茶目っ気たっぷりの優しいお姉さんに見えますが、実は三〇〇歳を超える長寿のエルフだったりします。

思わずジト目になった私を見て、

「もう、反抗期になっちゃって。うりうり～」

エルシャお母さんは、じゃれつくように私に抱きついてきました。

窒息しそうになって、慌てて逃走する私。エルフの習性と言い張っていましたが……、この抱きつき癖は、困ったものですね。

「宴《うたげ》じゃ～！　フィアナの成長を祝って、今日は宴を開くぞ～！」

一方、アル爺は楽しそうにそんな事を叫び、

（むむ……。よくみると、ちょっぴり頬が赤いです）

（アル爺――さては、すでに飲んでますね）

「待ってました。宴じゃ、宴じゃ！」

「ガッハッハー！　ワシも秘蔵の酒を持ち出すとするか！」

大盛り上がりで、村人たちが集まってきます。

そうしてルナミリア村では、たちまち宴が開かれる事になるのでした。

村中央の広場で、ささやかな宴が始まりました。

私が獲ってきたドラゴンも、丸焼きにされて振る舞われています。

（うん、ジューシーで最高です！）

ちなみに料理人は、エルシャお母さん。

表面はカリカリ。中はじんわりジューシー。スパイシーな味付けも、こってりしたドラゴンのお肉にはよく合っていて美味しいです。

「ガッハッハ、フィアナもだいぶ強くなったなあ！」

「まったくだ。こりゃあ、うかうかしてたら一本取られちまうね」

「あ、グレンおじさんに、アンおばさん！」

私が料理を頑張っていると、何人かの村人たちがそう話しかけてきました。

小さな村なので、だいたいの人が顔なじみなのです。

「本当に、こんなに立派になっちゃって。昔は狩りの時間だって、ピーピー泣きながらアル爺の後をついて回るだけだったっていうのに」

「それが今では、目を輝かせて真っ先に飛び出していくんだもんなあ」

「いったい、いつの話をしてるんですか……」

人の黒歴史を思い出しながら懐かしむのは、止めていただきたい。

三歳になった直後に、馬鹿でかいオーガの前にぽんっと放り込まれたのは、今世でもトップ三に入る強烈なトラウマです。あれは誰だって泣くと思います。

（まったく、私が健康じゃなかったら一〇〇回は死んでたところです！）

（健康な身体、すごい！）

日々、健やかな暮らしに感謝。


（例の事、切り出すなら今がチャンスですね）

ところで私には、いつか言おうと思っていた秘めたる願いがありました。

前までは現実味がなくて言い出せなかった事。

それでも、こうして村人たちが強さを認めてくれつつある今なら――

「アル爺！　私、村を出ます！」

「……な、な、な、なんじゃってぇぇえええ!?」

そう切り出した私に、アル爺はひっくり返って腰を抜かすのでした。


――いずれは村を出たい！

それは私の人生プラン上、外せない重要事項でした。

（この村、私しか子どもがいません！）

（これは大変な事です……！）

せっかく異世界に転生して、超健康な身体を手に入れたんです。

前世でやれなかった事も、うんと満喫したい！

中でも私は「友達」というものに強い憧れがありました。

なにせ前世は病弱少女。病院こそ我が家。

病気のせいで学校にも通えず、同年代の友達なんて夢のまた夢。

元気に走り回る同年代の子どもを、ただただ羨む事しかできませんでした。

(今世こそ、絶対に友達を作ります！)

(そのために、まずは村を出て学校に通います!!)

そんな訳で口にした願いですが……、

「なら～ん！　村の外は、あまりに危険じゃからな!!」

アル爺から猛反対されてしまいました。

「むう……。危険なのは分かってます。だけど――」

「どうして、そんな事をいきなり言い出したんじゃ？」

アル爺が、不思議そうな顔でそう尋ねてきます。

「村の外はロクでもないところだよ」

「ああ、外の世界は陰謀渦巻く恐ろしい場所だべさ」

「これからも村で楽しく過ごせれば、それでいいじゃないか」

集まってきた村人たちも、次々と私を説得しようと口を開きましたが、

「でも……。この村、私以外に子供がいないじゃないですか」

——私、友達が欲しいんです。

ぽつりと呟《つぶや》く私を見て、納得の色を浮かべます。

この村には、どういうわけか私しか子供がいません。友達が欲しいという願いは、ここに居ては決して叶《かな》わないもので、

「なぁ、フィアナや」

「なんです、アル爺？」

アル爺は、年長者としての威厳と貫禄《かんろく》を纏《まと》わせ、

「そんなに友達が欲しいなら、ワシが——」

「え？　嫌です……」

「しょぼん」

くずおれるアル爺。

「ちょっ!?　本気で落ち込まないで下さいって！」

「ガッハッハ！　アル爺、振られてやんの～！」

「しつこい親は嫌われるぞ！」

「皆さんも面白がらないで下さいって……」

わたわた慌てる私と、面白がって囃《はや》し立てる村人たち。

「学校かあ。おじさんも若かりし頃は神童なんて呼ばれて――」

「ガッハッハー！　良いんじゃねえか？　何事も経験。経験だからな！」

「ならん！　ならん、ならんぞ～！」

アル爺は、すっかり意固地になってしまった様子。

そのまま話も聞きたくないとばかりに、逃げ出すように走り去っていくのでした。


「むう……、アル爺の分からず屋！」

口を尖《とが》らせる私に、

「フィアナちゃんの気持ちは分かったよ。私は賛成」

外の世界を見て回るのも良いと思う、とエルシャお母さん。

エルシャお母さんは、私の髪を優しく撫《な》でながら、

「アル爺は意固地になってるだけだと思う。フィアナちゃんの気持ちは、ここにいる皆に伝わったと思うから――頑固爺《じじい》の説得は私に任せて。ね？」

そう諭され、私はこくりと頷《うなず》くのでした。


【アル爺サイド】

「ここに居たのかい」

「エルシャか」

アル爺——アルフレッドは、川のほとりに佇《たたず》んでいた。

籠に入ったフィアナを拾った川であり、彼にとっては思い出の場所。

「エルシャは、フィアナが村を出る事に本気で賛成なのか？」

静かに振り返ったアルフレッドが、そう口火を切ります。

「そりゃあ……、本音を言えば、ずっとここに居てほしいさ」

「なら……！」

「ルナミリアは流れ者がたどり着く歪《いびつ》な場所さ。ましてフィアナちゃんは、外に希望を持ってる。なら……、私たちが止められるはずもない。分かってるんだろう？」

エルシャが、諭すようにそう口にする。

アルフレッドも、本当のところは納得してしまっているのだろう。きっと必要なのは、納得するための理由と少しの時間。

ルナミリアに流れ着いたばかりのアルフレッドは、それはもう荒《すさ》んでいた。裏切られ、誰も信じられず、ただ剣だけを信じ、他人に興味を持たない職人気質。それが小さな女の子をこれほど溺愛するようになるとは、いったい誰が予測しただろうか。

「ぐぬぬぬぬ。こうなったらワシは、フィアナに付いて王都に行く!!」

「駄目です。王都を戦場に変えるつもりですか」

何を言い出すのかと、エルシャは呆《あき》れてため息をつく。

魔界の奥深くにある辺境の村――それがルナミリアだ。

未開拓地帯にあり、存在すら知られていない秘境の地。世界一、危険な村であるといっても過言ではなく、ルナミリアの面々は決して子供を作ってはならぬと固く禁止されていた。到底、小さな子供が生き残れるような環境ではないからだ。

だからこそアル爺・エルシャ・フィアナという三人家族はイレギュラーであった。いずれこんな日が来る――エルシャは、そう覚悟していたが、どうやらアルフレッドは違った様子。

「それが、あの子にとっての幸せなんじゃな」

「ええ、そう思います。それに、もし王都で何かあったとしても、あの子にはルナミリアという帰る場所がある。それが、どれだけの支えになるか。あなたなら分かるでしょう」

「ああ。そうじゃな……」

それでもアルフレッドは、最後には諦めたように頷くのだった。


一方、少し離れて宴会場。

「あの年で第四冠の魔法まで使いこなせるのは、間違いなくフィアナだけだ!」

「おまけに内的魔法のセンスも、バケモンだ。ドラゴンの鱗《うろこ》を素手で貫くなんて目を疑ったぞ」

「フィアナって、最近では模擬戦でも負けなしじゃないか？」

「お、俺だって本気を出せばまだまだやれらあ！」

そこでは酔っ払った村人たちが、未《いま》だに好き勝手に盛り上がっていた！


ルナミリア――そこは世界各地で居場所を失った精鋭が集まる村だ。

絶対的な力を持ちながら権力者に疎まれて居場所を失った者、強すぎる力を持つがゆえに怯《おび》えられて迫害された者――そんな訳ありの者が集まってできた村であり、常人にはたどり着けない魔界の奥深くに位置している。

そんな村に住む世界最高峰の人々が、面白半分で最先端の技術を惜しみなく教えた少女こそがフィアナである。

それぞれの分野のスペシャリストから英才教育を受け、フィアナは自分でも気付かぬうちに、世界最高峰の実力を手にしていたのだ。


「いやいや、あの子の一番の凄さは、あの吸収力だ。教えれば教えるだけ、なんでも吸収しちまうんだからな！」

「だからって、あの子が人間やめちまうまで全ての技法を教えるやつがあるか!?」

「「「つ、つい。なんでも覚えるもんだから楽しくて（よう）（さあ）」」」

顔を見合わせ、がははと豪快に笑い飛ばす村人たち。

そうして夜は更けていく。


【フィアナサイド】


それから二週間が経ちました。

結局、私——フィアナは、無事、王都へと旅立つ事になりました。

どうやらあの後、エルシャお母さんは、きちんとアル爺を説得してくれたようです。

（えっと、私が通う事になるエリシュアン学園は、王都にあるんだっけ）

（王都は、こことは別の大陸にある大きな街で、人間がたくさん住んでる場所。うん、覚えた！）

あの後、私は村人総出で王都について教わる事になりました。

学園に通う上で、気をつける事。

一人暮らしをするための方法。

その他、王都で生きていくための常識まで。

「え？　王都じゃ、勝手に野生のモンスターを狩って食べたら駄目なんですか!?」

「フィアナちゃん～!?」

「なるほど！　狩りには許可を取る必要があるんですね！」

「「違う、そうじゃない！」」

なんて事が初日にあり、常識教育が必要と判断されてしまったのです。

（むむ……。ようやく異世界に馴染《なじ》んだと思ったのに、王都にはまた別の世界が広がってるなんて――さすがは異世界、恐ろしい場所！）

もちろん、それぐらいで挫《くじ》ける私ではありません。

学園で友達を作るため、私はむしろ燃え上がって学園に通う準備を進めます。

そうして、たっぷり二週間ほどの時を経て。

まだまだ教え足りない事があるとルナミリアの面々は不安そうにしていたけど、これ以上待ってたら私が学生じゃなくなってしまいます！

そんなこんなで、私は王都への旅立ちを強行。

「エリシュアン学園に着いたら編入試験を受ける。筆記は捨てて、実技試験でどうにかする――うん、完璧な作戦です！」

エルシャお母さんから、編入試験をどうにかするための秘策も授かり、私はついに王都に出発するのでした。

＊＊＊

出発から一週間。

ついに私は、マーブルロース王国の首都——レガリアにたどり着きました。

「ひえ～！　都会、すごい！」

レガリアに着いた私は、田舎もの丸出しであたりをキョロキョロ見回していました。

周囲を見れば、人、人、人、人。

剣を背負った冒険者らしき人影や、買い出しに来たと思われるメイドさん。

全てがファンタジーな街並みで、弥《いや》が上にもテンションが上がります。

「焼き立てだよ！　お嬢さん、お一つどう？」

そんな私に、声をかけてくる者がいました。

カラフルな果物が入ったクレープ屋さんで、スタイルのいいお姉さんです。

（わぁ……！　ルナミリアでは縁がなかった贅沢品《ぜいたくひん》！）

私は目を輝かせて購入する事を決意。

値段は、銅貨三枚。前世で言えば三〇〇円ぐらいでしょうか。

銀貨を一枚出せば、お釣りは銅貨七枚。エルシャお母さんに教わり、お金の計算もバッチリなのです！（ちょっぴり緊張したけど……）

私は、クレープにパクリとかぶりつき、

「ッ！」

あまりの美味しさに目を見開きます。

クリームの僅かな甘みが果物の瑞々《みずみず》しさと混ざり合い、まさしく絶品のひと言でした。

「あはは、良い食べっぷりだね」

「このクレープ、最高です。世界一の贅沢品です！」

大真面目な顔で言う私に、満更でもない表情で苦笑するクレープ屋さん。

「毎度あり！　それにしても見慣れない服だね。王都に来たのは最近？」

「はい！　ルナミリアって村から来ました！」

「ルナミリア？　初めて聞く場所だね」

「一応、お隣の大陸なんですけどね。まあ、ど田舎なので……」

「ふふっ、お隣の大陸って言ったら魔界じゃない」

私の言葉に、ケラケラ笑うお姉さん。

（むぅ……、嘘《うそ》じゃないんだけどな）

その反応を見て、私は唇を尖らせます。

（っと、そういえばエルシャお母さんには、ルナミリア出身だとは信頼できる人以外には話すなって注意されたっけ）

（まあ、美味しいクレープを売ってくれたお姉さんは、きっと良い人だし大丈夫だよね！）

良い人判定が甘々な事に定評がある私なのです。

「っと、こうしてはいられません。エルシャお母さんから授かった完璧な作戦で、学園への編入試験に合格しないと！　お姉さん、美味しいクレープをありがとうございました！」

「エリシュアンへの編入希望なんだ。今後とも、ご贔屓《ひいき》に～！」

ぐっと気合いを入れて走りだす私に、お姉さんもひらひらと手を振り返すのでした。

エリシュアン学園は、その権威を示すように王都レガリアの中央に位置していました。

その場所は方向音痴の私にも、すぐに分かりました。学園のシンボルにもなっている魔法塔が、その存在感を王都の人々に示していたからです。

（これが異世界の最先端！　王都、すごいっ！）

ついに辿り着いた憧れの学園。

色とりどりのガラスで彩られた建物は、まるで物語に出てくるお城のような代物でした。

「あの……、失礼だが君は？」

学園に見惚《みと》れている私に、門番の一人が話しかけてきました。

「ひゃいっ!?　わ、私はフィアナです。編入試験を受けるために、エリシュアンに参りました！」

「編入試験を？　推薦状を見せてもらえるかい？」

「え、推薦状が必要なんですか!? えっと……、特に持ってないですね」

「なら残念だが――」

けんもほろろといった様子で追い返されそうになったところで、

「なんの騒ぎだ？」

もう一人の門番が現れました。

「いや、なんか推薦状を持たない世間知らずの子どもが、編入試験を受けに来たようでな。フィアナって言ったか。ほら、今日はもう帰りな」

「む……、推薦状とは厄介ですね――」

さっき王都に来たばかりの私に、当然、心当たりなんてありません。

「んん？ 今、フィアナって言ったか？（ヒソヒソ）」

「たしか、そんな名前だったはず――（ヒソヒソ）」

「馬鹿っ！ それなら、例の枠の子だよ。ほら、特別推薦枠の――（ヒソヒソ）」

「んなっ!?」

途方に暮れている私を余所《よそ》に、二人の門番は何やら話し合っていましたが、

「た、大変失礼いたしました!!」

突然、そう平謝りしてきました。

二人の門番は、恐る恐るといった様子でこちらを窺《うかが》っており、

（どういう事!?）

頭の中がハテナマークでいっぱいになる私に弁解します。

「まさか、炎舞の大賢者さまのお弟子さまが、こんなに若い方だとは思いもよらず。すぐに試験場に案内しますので、どうかご容赦を！」

「後生ですから、どうか燃やさないで!!」

「燃やしませんよ!?」

そこからの門番の振る舞いは、まるで要人でも案内するかのようで。

（炎舞の大賢者って、エルシャお母さんの事だよね？）

（昔、何かしでかしたの!?）

ヒヤヒヤしながら、私は門番の後を付いていきます。

やがて私は、訓練棟と呼ばれる小さな建物に通されました。その雰囲気は、前世でいう体育館のような感じでしょうか。

（これが王都の学校！　すごい、結界が張ってある）

（魔法陣を使って、定期的に魔力を補充するタイプですね！）

私が物珍しさにキョロキョロしていると、

「ほう、こいつが例の――」

馬鹿にしたような声が、耳に飛び込んできました。

そこにいたのは、いかにも体育会系といった風貌の男でした。

タンクトップに短パン姿というワイルドな風体。全身の筋肉が盛り上がったその身体は、見るからに強そうです。

男は、私を見るなりハッと馬鹿にしたように口元を歪《ゆが》めると、

「ふん、貴様が神聖なる学《まな》び舎《や》に、コネで入ろうとしている命知らずか。尊きものの血も引かぬ平民の分際で――身の程を知れ！」

そう怒鳴りつけてきました。

(むむ、なんか嫌な感じです！)

「いえ……。私は、編入試験というのを受けに来ただけでして――」

「ふん、そうか。なら早速、試験を始めるとしようか」

「ほえ？　えーっと、何をすれば？」

男は、馬鹿にしたように鼻を鳴らすと、

「この学園に、弱き者は不要。私――マティが、実技試験の試験官を務めよう」

「は、はあ……。よろしくお願いします？」

「では、さっそく実技試験を始めようか。そうだな……、今から私と模擬戦をして、勝てなければその場で不合格だ！」

マティさんは、そんな事を言い出しました。

「なっ、正気ですか！　いきなり教師相手に模擬戦というのは、あまりにも！」

「ま～た始まったよ、いびりのマティの得意技。はるばる遠方から来たっていうのに、あの子も気の毒にな……」

「ってか、どうすんだよ!?　炎舞の大賢者さまのお弟子さま相手に、万が一にも無茶させて怪我でもさせようものなら――（ぶるぶる）」

マティさんの言葉に、どよめきが広がりますが、

「模擬戦ですね、分かりました！」

私はむしろ、その言葉を聞いてパッと表情を明るくします。

（模擬戦ならルナミリアで、嫌というほど繰り返してきました。チャンスです！）

（それにしても、あの威圧は模擬戦での〝盤外戦術〟だったんですね。危うくただの嫌な人かと、思い込むところでした！）

私は目を輝かせ、ウキウキと身体にマナを巡らせていきます。

娯楽の少ないルナミリアで、村人との模擬戦は大きな楽しみの一つでした。

模擬戦とは、ルール無用の真剣勝負。相手の冷静さを奪うための盤外戦術も、当然のように活用しあったものです。

性格の悪いアンおばさんの煽《あお》りに比べれば、マティさんの言葉なんて可愛《かわい》いものです。

（最初は、私もあっさり引っかかってアル爺に笑われましたね……。冷静さを失った相手の行動を読むほど、簡単な事はない。金言です！）

挨拶代わりに盤外戦術。

王都――実に恐ろしい場所！

そうと分かれば、私がやるべきはマティさんを冷静に観察する事です。

王都の有名な学校で試験官を務めるマティさんが、どんな魔法を見せてくれるのか。楽しみで楽しみで、ワクワクが止まりません。

「言っておくが、これは脅しではないぞ。実技試験の点数は、私に一任されている――私が〇点を付ければ、それで貴様の編入試験は終わりだ」

「そんな事より、さっさと始めましょう！」

私の言葉に、マティさんは鼻白んだように黙り込み、

「三・二・一――ファイッ！」

そんな審判の言葉で、戦いの火蓋が切られるのでした。

「平民の分際で舐《な》めた真似《まね》を――喰《く》らえぇぇぇ！」

フライング気味に、マティさんが杖《つえ》を振り下ろしました。

（あれは第二冠魔法――炎の大蛇《ブレイズ・スネイク》！）

模擬戦の真骨頂は、相手の出方を窺って対応を決める対話にあると私は思います。

マティさんの生み出した炎の蛇が、私を呑《の》みこまんと襲いかかってきますが、

（あまりにも遅いし、威力も貧弱！）

（ならばこれは目眩《めくら》まし。本命は、きっと別っ！）

私は即座にそう判断。

余計なアクションを取って、隙を見せるのは本末転倒。薄く伸ばしたマナを身にまとい、私は真正面から受ける事にしました。

「はんっ、やはり口だけか。反応すらできんとはな……」

マティさんは、静かにそう首を振り、

「結界のおかげで死にはせんだろうが、ダメージは馬鹿にならんだろう。これ以上痛い目を見たくなければ――あれぇ？」

「次は何を見せてくれるんですか？」

当然、私は無傷。

狼狽《うろた》えた様子を見せるマティさんに、

「今のは粗雑な魔法を見せて、欠点を挙げさせるというテストですか？」

私は、そう小首を傾《かし》げます。

警戒していた追撃も無し。本気で意図が分かりません。

「貴様ァ！　私の魔法に、欠点だと!?」

「はい。まずはマナの変換効率が悪いですね。有効値は四〇％弱――論外です。それに発動前にイメージを脳内で具現化してますか？　現象が、この世に定着してません。ぼやぼやです。だいたい、不意打ちにしては、魔法の発動もあまりに見え見えですし……」

魔法使い同士の模擬戦は、相手の魔法の感想を言うのも大切です。

だからマティさんの魔法を見て、感じた事を正直に伝えてみたのですが、

「貴様ァァァ!!」

マティさんは、顔を真っ赤にして血走った目で私を睨《にら》みつけてきました。

（なるほど！　この人は、盤外戦術にも弱そうですね！）

別に盤外戦術を仕掛けたつもりもなかったのに。

私としてはそんな事より、もっと新しい魔法が見たいのです。


模擬戦の噂《うわさ》を聞きつけ、訓練棟には、いつの間にか人だかりができていました。

一連のやり取りを見ていた観客たちは、

「おおおおぉぉぉ!?　あの嬢ちゃん、無傷で防ぎきったぞ！」

「どうやって耐えたんだ！」

「わ、分からん……。なんか真正面から受けきったように見えたが――」

「そんなアホな!?」

「信じられねえ、いびりのマティが押されてるぞ！」

などと大盛りあがり。

(今のところ、見どころが一つもない退屈な試合だと思うのですが……、不思議です)

もしかすると、王都では模擬戦自体が珍しいのかもしれません。

「たまたま一度防いだぐらいで、随分と偉そうな事を言ってくれたな。フィアナとやら、覚悟はできているだろうな！」

「もちろん。せっかくの模擬戦です、最初から本気で来て下さい！」

「ほざけっ！」

マティさんは、真剣な表情で何やら詠唱を始めました。

(この隙に飛びかかれば昏倒《こんとう》させられそうですが、魔法の模擬戦でそれは邪道。まして、これは試験――あくまで真正面から戦います！)

私は迎撃のため、いつでも発動できる魔法陣を周囲に展開。

マティさんの一挙一動に注目します。

時間にして、おおよそ二〇秒。

「貴様の敗因は、私に再詠唱の隙を与えた事だ。喰らえぇぇ！」

マティさんが、ようやく魔法を完成させました。

パッと見ても効果が分からない未知の魔法。現れた魔法陣の規模的には、おそらく第三冠魔法の一種でしょうか。

「わあっ！　すごい、新魔法ですね！」

「この魔法は、悪いがまだ手加減できん。死んでも――恨んでくれるなよ！」

「いや、死んだら普通に末代まで呪いますが!?」

マティさんが生み出したのは、全長六メートルほどの巨大ゴーレムでした。

第四冠魔法の巨岩の巨人《テラ・ゴーレム》と似ていますが、それを簡略化したのでしょうか。知っている魔法と似ているのに微妙に違う不思議な魔法――とても興味深いです。

（うぅ、解析してみたい！）

私は、迎撃用に構えていた魔法陣を全てキャンセル。

私に向かって、バカでかいゴーレムの拳が振り下ろされ、

（ちょっとだけ、ちょっとだけ――）

「馬鹿なっ！　なぜ避けない!?」

「えいっ！」

振り下ろされた巨岩を片手で受け止め、

（なるほど！　自律制御の部分を捨てて簡略化したんですね！）

素早く術式を解析。

ぽいっとゴーレムを放り投げます。

この解析作業こそが、模擬戦の醍醐味《だいごみ》なのです。

「素手で受け止めた!?　そんな馬鹿な!?」

マティさんが、あんぐりと口を開けていましたが、

「なるほど、面白いですね！　私なら……、こうします！」

「はぁっ!?」

私は、マティさんの巨大ゴーレムをコピーし、

「エンチャント——炎の大蛇《ブレイズ・スネイク》！」

最初の魔法をゴーレムにエンチャント。ゴーレムは、燃え盛る蛇を鞭《むち》のように構え、私を庇《かば》うように立ちはだかります。

ルナミリアで模擬戦を繰り返した私には、いくつか大道芸のようなスキルが身につきました。

そのうちの一つが、魔法のコピーです。単純な構成の魔法であれば、触っただけで術式レベルまで分解・再構築する事で、模倣が可能なのです。

（マティさんの魔法は、作りをシンプル化したせいで威力が落ちちゃうのが弱点ですね）

いくらなんでも、このレベルの威力低下は致命的だと思います。

現に私のような非力な魔法使いでも、簡単に片手で押さえられてしまいましたし、

（そこを補うなら……、こう！）

簡単な魔法の組み合わせは、時に絶大な威力を発揮します。

「薙《な》ぎ払えっ！」

私が生み出したゴーレムは、炎の蛇を鞭のように振るい、

「嘘だぁぁぁぁぁ!? 私の切り札が!?」

マティさんのゴーレムを、木《こ》っ端《ぱ》微《み》塵《じん》に吹き飛ばしました。

白目を剝《む》くマティさん。

一方の私は、まだまだ欲求不満でした。

（私が地方出身だから、まだ手加減してくれているのでしょうか……）

魔法使い同士の模擬戦は、魔法を使った対話ともいえます。

対話――すなわち、ボールの投げ合いです。創意工夫を凝らした新魔法を投げ合い、時にそのアンサーから新たな魔法を発見する――その繰り返しが模擬戦の醍醐味なのです。

（むう……、どうやれば本気を出してくれるんでしょう）

もっと血湧き肉躍る戦いがしたいです。

「マティさん、私が田舎ものだからって、まだ遠慮してるんですか？ それなら遠慮は要りません。もっと、もっと本気でやって大丈夫です！」

「もっと本気で、……だと!?」

マティさんは驚愕《きょうがく》に目を見開き、こちらをまじまじと見てきました。

この程度の相手なら、本気を出すまでもないと言いたいのでしょうか。

(いったい、どうすれば――)

まさか王都の名門校の試験官が、この程度の腕前なはずがありません。

私は、さっきのゴーレムを一〇体ほど生み出し、色々な武器を持たせてみます。

そのままマティさんを囲み、得物を構えたまま静止。

何か打開策がなければ、チェックメイトという状況です。

「ひ、ひぃぃぃぃ。バケモノめ！」

「なっ!? いくら戦術だとしても、言って良い事と悪い事が！」

ショックを受けてしまい、ゴーレムの一体が得物を取り落としてしまいました。

ズカァァァァン！

武器が落下し、地響きを立てます。

(これが、心の乱れ……)

反省、反省。

相手がその気なら、一瞬で形勢をひっくり返されていたところです。

「私、王都では初めての模擬戦なんです。まだまだ戦い足りません――もっと、もっと、魔法をぶつけ合いましょう！」

「じょ、冗談じゃねえ！」

へなへなとくずおれるマティさん。

それすらも高度な心理戦か！　と構える私の肩に、ポンと手が置かれました。

「まあまあ。マティは我が校の実技担当で、彼なりのプライドがあるのじゃよ。お主の怒りはもっともじゃが、その辺で止めてやってはくれんかのう」

「ほえっ!?　えーっと――」

振り返ると、紫髪の小さな女の子が私を見ていました。

見た目は私と同年齢か、あるいは年下か。短く切り揃《そろ》えた髪の毛がサラサラと揺れ、少女の愛らしさを際立たせていました。

（えっと……、誰？）

まじまじと見つめてしまう私に、

「我は、エレナ・スターレインじゃ。未熟者ではあるが、この学園の学園長を任されておる」

「学園長!?　こんなにちっちゃいのに」

「ナチュラルに失礼なやつじゃな、お主……」

少女――改めエレナ学園長は、半眼で私を見てきました。

大して気にしている様子はなく、いい意味でフレンドリーな人のようです。

「そんなお偉い人が、どうしてこんなところに？」

「そりゃあ、炎舞の大賢者さまの弟子が、我が学園の門を叩いたんじゃ。我としても、是非この目で見てみたいと思ってな」

（炎舞の大賢者？　さっきも似た話を聞いた気がします。エルシャお母さん……、もしかして想像以上に凄い人なんですかね）

いつの間にか、この模擬戦は偉い人からも見られていたようです。

目の前の戦いに夢中になってしまい、つい周囲が見えなくなってしまう――私の悪癖です。

「お待ち下さい！　まだ、私は、負けたわけでは！」

「黙れ、マティ。最初から最後まで、常に上を行かれていたのは明らかじゃ。客観的に見て、完膚なきまでにお主の負けじゃ」

「くっ……」

エレナ学園長に諭されたマティさんが、不服そうに私を睨みつけてきました。

（う～ん、やっぱり奥の手を残していたみたいですね。それなのに判定負け！　納得行かないですよね、分かります！）

思い出したのは、ルナミリアでの模擬戦の一幕。

作戦が実を結び、いよいよここから逆転だ！　というところで、晩ごはんの時間になり、泣く泣く判定負けを喫した悲しみの記憶。

「模擬戦、止められてしまって残念です。マティ先生、続きは別の機会にお願いします！」

「ヒィィ！」

もし入学できたら、マティさんは先生になるはずです。

できれば良好な関係を築いておきたいところ。

そう思った私は、できる限り愛想の良い笑みを浮かべて頭を下げたのですが、

（なんで!?）

笑いかけて悲鳴をあげられるのは、普通にショックでした。

「マティよ、今回の実技試験の結果は――」

「もちろん満点です！　文句なしにS判定！　間違いありません、ではっ！」

そう言い残し、マティ先生はシュタタタタッと走り去っていくのでした。


訓練棟に残された私は、改めてエレナ学園長と向き合っていました。

エリシュアン学園は、国内でも有数のエリート校のはずです。ただの一生徒の編入試験を、わざわざ学園長が見に来た理由が、本当に分かりませんでした。

「やれやれ、マティ君も優秀な魔法使いではあるのじゃがな。暴走しがちなところを除けば、教育者としても悪くはないんじゃが――」

「いや、それは教育者としては致命的なのでは……」

思わず突っ込む私に、

「まったく、彼の平民嫌いには困ったものです」

「えっと……、あなたは？」

「失礼、申し遅れました。私は、この学園の教頭――シリウス・モンタージュと申します。以後、お見知り置きを」

「ひえ～、また偉い人!?」

エレナ学園長の後ろに立っていたメガネの男性が、私に頭を下げてきました。

紳士服をバッチリ決めた細身の男性で、エレナ学園長の後ろに控えていました。てっきりエレナ学園長の執事か何かかと思いきや、実は教頭だったとの事。ビックリです。

これで学園のツートップが、ここに揃っている事になり――私は、ひっくり返りそうになりました。

「お主らは、フィアナ嬢を宿舎に送り届けておくれ。順番が前後してしまったが、明日は筆記試験を行うでな」

「…………え？」

そんな事を言い出すエレナ学園長に、私は思わずギョッとします。

「なんじゃ、お主。筆記は苦手なのか？」

「ええっと……。はい、まったく自信がありません」

「まあ、肩の力を抜いて気楽に受けるが良い。筆記試験は、実技がどうしても苦手な子への救済策を兼ねておるでな。一般常識さえあれば、楽勝なのじゃ」

「それ、一番不安なやつです!!」

悲鳴をあげる私を見て、エレナ学園長が不思議そうな顔をします。

ルナミリアでは出発前に「常識を教え忘れてた!?」とか「今からでも詰め込むだけ詰め込むぞ!!」とか、散々な言われようだった私です。

救済策どころか、最難関の障壁である可能性すらあります。

「はっはっは、やはりお主は、面白いやつじゃな。本当に心配は要らないさ。なにせ実技で歴代最高得点——これほどの才能を取り逃がすのは、我が学園としても大損害じゃからな」

「言いましたね！　筆記試験、〇点でも合格ですからね！」

念押しする私を見て、エレナ学園長が苦笑します。

(私にとっては、まったく笑い事じゃないんですけどね!?)

＊＊＊

訓練棟を出た私は、模擬戦を見守っていた生徒たちに取り囲まれる事になりました。

模擬戦を行った場所は決闘スペースと呼ばれており、観戦スペースでは、期待の新人が現れたと大勢の生徒が見守っていたそうで——そんな事を聞き、私は涙目になります。

「マティの野郎をあそこまでコテンパンにするなんて！　すげえスカッとしたぜ！」

「えっと、ありがとうございます？」

「感動しました！　その魔法は、いったいどこで？」

「ルナミ――じゃなくて、田舎にある故郷です！」

（あ、あわわわわわ――）

（なぜか人に囲まれてます!?　王都、怖いです！）

何を隠そう私は、同年代と会うのは初めてなのです。

こんなに同時に話しかけられたら、完全なるキャパオーバー。

ぐいぐい詰め寄られ、私が目をぐるぐるさせていると、

「こっちですわ！」

ぐいっと手を引っ張られました。

「まったく、どいつもこいつも野次馬根性丸出しで――同じエリシュアンの生徒として恥ずかしいですわ」

私の手を引いたのは、この学園の生徒らしき一人の少女。長く伸ばした金色の髪が、太陽の光を反射してキラキラと輝いていました。

「えっと、あなたは――」

「ワタクシの名前は、セシリア・ローズウッド――ローズウッド家の長女にして、今は栄えある

ローズウッドグループのリーダーを務めていますわ！」

「ほえ～」

たぶん、すごい人っぽい。

私の手を引く金髪美少女――あらためセシリアさんは、スイスイスイッと人混みを魔法のようにくぐり抜け、

「ジャ、ジャーン！　ここが、エリシュアン学園が誇る学生寮……、ですわ！」

あっという間に宿舎にたどり着きました。

ドヤァ！　と効果音が出ていそうな得意げな顔で、セシリアさんは寮の入り口を指差します。

「ワタクシ、今日の戦いには感動しましたの！　嫌味なマティ先生を、あそこまで一方的にボッコボコにするなんて！」

「い、一方的にボッコボコになんてしてませんよ」

「いえいえ、ご謙遜を。さいっこうに、一方的で、フルボッコでしたわよ！」

(人聞きの悪い事を言わないでくれませんかね!?)

キラキラ輝く目を向けてくるセシリアさん。

彼女に悪気は無いと思いますが、学園でそんな噂が広まるのは困るのです。

もし、そんな噂が広まりでもしたら、

「あの編入生、気に入らない試験官をノシて入ったらしいぜ（ヒソヒソ）」

「さいっこうに、一方的で、フルボッコだったらしいぜ！（ヒソヒソ）」

「こっわ、近寄らんとこ……（ヒソヒソ）」

……………なんて、遠巻きにされる未来が見えます！

「セシリアさん、訂正を。訂正を求めます！」

「なんですの？」

「私、マティ先生との模擬戦は、ずっと押されっぱなしでした。つねに防戦一方で、それでもなんとか一瞬の隙を突いて一撃だけ入れたのです。そうして最後には、マティ先生の温情で実技試験の合格をいただきました――いいですね!!」

「へ……？　いや、あれは誰がどう見ても試合にすらなっていない、一方的な蹂躙劇《じゅうりん》じゃありませんこと？」

（い、一方的な蹂躙劇!!）

まずいです。

表現がどんどん恐ろしい方向に向かっています！

「試験はギリギリでした！　い・い・で・す・ね！」

「はい……、ですわ？」

こくこくと頷くセシリアさんを見て、私はふうとため息をつきます。

（っと、こんな事をしている場合じゃない！）

「セシリアさん、道案内ありがとうございました！　それでは私は、明日の試験の一夜漬け――じゃなかった、準備があるのでこれで！」

「また会える日を楽しみにしてますわ。頑張って下さいまし！」

セシリアさんに見送られながら、私は宿舎に入りました。


与えられた部屋は、前世を基準にしても綺麗《きれい》で快適な空間でした。

ぽふんと布団に飛び込み、私はエルシャお母さんお手製の常識ノートを開きます。

「国王陛下の名前は――ブルターニュ・マーブルロース。ブルターニュ・マーブルロース。ブルターニュ・マーブルロース……」

う～ん、う～ん、と唸《うな》りながら反復学習。

暗記科目は苦手なのです。

それでも晴れてこの学園に通うためには、ここは大切な勝負どころ！

パチンと顔を手でたたき、気合いを入れ直します。せめて今日ぐらいは、本気で試験対策に取り組もうと決意した私は……、

「五大国家は、我らがマーブルロース王国、エルフ率いるレスタンティーレ、獣人たちのメラディオン……（スピー、スピー）」

――気がついたら夢の中に旅立っていたのでした。

不思議ですね。

＊＊＊

そうして迎えた翌日。

空き教室に案内された私は、

（うわぁぁぁ……、ぐっすり眠っちゃいました！　私のバカ！）

（えっと、国王陛下の名前は――ええっと……、ええっと――終わった!!）

ちょこんと座りつつ、頭の中はお通夜ムード。

たくさん眠って、頭はスッキリ。

記憶の方も、サッパリ消去。

外の天気は、清々《すがすが》しい快晴です！（現実逃避）

「試験時間は一二〇分です。えっと……、肩の力を抜いて――それでは、はじめ！」

私はぺらりと答案用紙を開き、ペラペラと問題をめくっていきます。

（これなら行けそう！）

ポイポイッと、パッと見て分からない問題を投げ捨てる事数回。ようやく馴染みのある魔法陣に関する設問を見つけ、私は鼻歌交じりにペンを動かすのでした。

（ふむふむ。この魔法陣をアレンジして、消費マナを変えずに第三冠魔法相応の威力を引き出す方法を述べよ。面白い問題ですね！）

魔法陣という技術が開発されたのには、いくつかの目的があったそうです。

普通の魔法は、術者が現象を想像・具現化するといった工程が必要で、集中力や細かな制御も必要となります。

その複雑な制御を簡単にするため、即興で魔法陣を描いて諸々《もろもろ》の工程を肩代わりさせるというのが、魔法陣の始まりらしいのですが、

（魔法陣の真価は、そこだけじゃありませんよね！）

魔法陣とは、魔法を大量生産するための手法にもなり得ます。

一度刻まれた魔法陣は、魔力を流し続ける限り、同じ動作を繰り返します。誰でも一定の魔力を流すだけで、決まった現象を起こせるようになるのです。

今回の設問は、後者の使い方について問うもののようです。

すなわち誰がマナを流し込んでも、流し込んだ以上の魔法を発動できる魔法陣。

（無茶苦茶な要求ですね！　でも……、面白いです！）

（マナの反発を上手《うま》く操れば、増幅はさせられるかもしれませんが……、駄目ですね。今度は制御するために、多大な魔力制御の魔法陣が必要になります）

う～ん、う～ん、と考え込みながら、魔法陣を設計していく私。

行き着いた結論は、もう一つの得意分野である内的魔法の応用でした。

（へへん、エルシャお母さんの作った意地悪パズルに比べれば楽勝です！）

夢中でテスト用紙に書き込み続け……、

「そこまで――やめっ！」

「ほぎゃっ!?」

テスト終了のお知らせ！

（しまったぁぁぁぁぁぁ！）

目の前の事に夢中になると、他の事が見えなくなる悪癖――自らの習性を、ここまで呪った事はありませんでした。

「終わっ……、た――」

パタンと机に伏し、私は真っ白な灰になっていました。

（魔法陣問題は埋まりました！　ですが……、他は真っ白なままです！）

（まあ他の科目なんて、どうせ見ても分かりませんけどね!?）

ヤケクソのように心の中で叫び、

「さよなら、エリシュアン学園」

私は、とぼとぼと寮に帰るのでした。

【エリシュアン学園・職員室にて】

職員室では、とあるテストの採点が行われていた。

解答用紙は、ほぼすべてが真っ白――ただしとある紙面には、これ以上ないほどに精緻な魔法陣が描かれている。

そんなアンバランスな答案用紙。

「な〜に、それ？」

「あれです、例の編入試験の――」

「あ〜、マティがSを付けた子ね。筆記はどうだったの――って、何々。どうしたの？」

気だるげな様子でテストの結果を聞いた新米教師――ティア。

彼女は室内をもう一度見回し、ようやくその異様な空気に気が付いた。

解答用紙に描かれた魔法陣。そんな一人の生徒が描いただけの代物を、何人もの教師が真剣な表情で覗《のぞ》き込んでいたのだ。

「ティア。この魔法陣、読み解ける？」

「うわぁ……、すごい書き込みですね。って、これ、未解決問題そのまま載っけた誰かさんの意地悪問題じゃないですか――ははは、もしちゃんと発動したら歴史が変わりますね」

「それが、本当に発動しちゃったのよ」

答案用紙を握りしめていた教師の手は、微《かす》かに震えていた。彼女は魔法工学の教鞭《きょうべん》をとる教師で、若き日は天才と持て囃された才女である。

ぶかぶかのローブを身にまとい、いつもはくたびれた表情を浮かべている彼女であったが、今、その瞳は興奮でギラギラと輝いていた。

「細かな原理は不明。相反属性の魔法を同時発動させて、そこで生じたエネルギーを安定して転用するなんて。誰も解けると思って載せてない――あっさり解法を示すなんて信じられないわ。今までの常識が、すべて崩れ去るわよ」

「そ、それほどですか……」

「それに、何より――はぁぁ、美しい！」

果てには恍惚《こうこつ》とした表情で、魔法陣に頬ずりをし始める始末――その姿は、ただの魔法陣オタクそのものであった。

戦闘専門であるティアは、魔法工学には詳しくない。

どれだけ精緻で美しい魔法陣を見ても、綺麗とは感じても、それ以上の感想はない。大事なのは、あくまで使い勝手だからだ。

そんな彼女にとって、関心事は一つ。

「ねえ、私も使ってみていい？　本当にそれっぽっちのマナで、第三冠の魔法が起動するの？」

「ああ、ちゃんと複写したのがこれだ」

ティアが、渡された魔法陣にマナを通すと、
ブオンッ！

そう巨大な火の玉が飛び出し、結界に吸収されていく。

「…………まじ？」

「まじなんよ」

長年、不可能とされてきたマナの等価性を無視した魔法の発動。

常識がガラガラと崩れ落ちる事象を前に、教師たちはただただ絶句していた。

「なんでこれだけのマナで、この魔法が発動するんだ？」

「相反属性のマナを圧縮して暴発させてるんだな。理論としては、三〇年前のキューリッヒ法に近い。安定性は段違いだが」

「いやいや。そんな不安定なもの、どうやって運用すんだよ」

「さあ――」

何人かの魔法工学のスペシャリストは、熱心に議論を開始する。

「…………そういえば、筆記テストのランクは？」

ふと我に返った教師が、テストの採点結果を尋ね、

「Sでいいだろう、そんな事よりこの魔法陣の解読が先だ」

「え？　でも他の解答欄、真っ白ですよ」

「いやいや、この魔法陣にはそれだけでS評価の価値がある」

「間違いないな」

なおざりに、あっさりフィアナの成績表にS判定が書き込まれたのであった。

実技・筆記の双方S判定編入。これはエリシュアン学園が始まって以来の快挙であり、満場一致で特進クラスへの編入が認められる事となった。

一方、職員室の片隅では、

「くそっ、何がW《ダブル》－S判定だ。ただの学生が未解決問題を解いただと？　馬鹿も休み休みに言え。こんなものは不正。不正に決まってる！」

そんな事をブツブツと呟く男の姿があった。

その男の名はマティ――意気揚々と実技試験官に名乗りを上げたものの、フィアナにコテンパンにされた男である。

「な～に？　マティ、S判定あげた生徒の活躍がそんなに妬ましいの？」

「あ、あれは私の油断が――いいや、たしかに魔法の腕は一級品だったかもしれんが……」

苦虫を噛《か》み潰したような顔で、マティがそう言葉を濁す。切り札をあっさりコピーされ、彼の中で模擬戦がすっかりトラウマになっていた。

マティは、魔力量に優れた名門と呼ばれる家の長男として生を受けた男だ。両親からの重すぎる期待に見事応え、血を吐くような努力を重ねて、ようやく今の地位を手にしたのである。

人生のすべてを、魔法の腕を磨く事に費やしたといっても過言ではない。

「フィアナ——奴《やつ》の実力は、認めたくはないがすでに一流だ。だからこそ、筆記までS判定など、断じてあり得んのだ！」

「珍しいわね。マティに、そこまで言わせる子がいるなんて」

ティアが、不思議そうに目を瞬《しばた》いた。

「私とて、この地位に就くまで色々な人間を見てきた。その中で至った結論がこれだ——優れた血筋にこそ、才は——」

「はいはい、優れた血筋にこそ才は宿る。だからこそ尊き血を引くものは、誰よりも努力し、その才を活《い》かさなければならない、でしょ？　耳タコよ」

ティアが、呆れたようにそうぼやく。

いびりのマティ——学内では、そんな悪評が広まりきっていた。実力者だが、性格に難あり。彼を知る者の多くは、きっとマティをそう評するだろう。

しかしティアは、それが必ずしもマティの人間性の全てではないと知っていた。

「私は、その考え方は嫌い。私たちは、研究者であると同時に教育者だもの」

「ふん。何とでも言え。奴らは口では何とでも言うが——結局のところは、ただ諦めるきっかけを探しているに過ぎんのだよ」

——どうせ実らぬ努力なら、さっさと別の道を探した方がいい。

マティが思い返していたのは、切磋琢磨《せっさたくま》しようと誓いあった者が、最後には己の才に見切りをつけて去っていく姿だ。

決まって最後には「平民だから、お貴族様には敵《かな》わないよな」なんて、へらへら笑いながら、血筋を羨み去っていくのだ。しかも性質《たち》の悪い事に、そうした者ほど、最後には諦める理由を他人に求めてくるものだ。

血筋——才能。最後には、残酷なまでに明暗を分けるとされるもの。マティは、己の血筋に誰よりも誇りを持っていたし、同時に疎んでもいた。

「マティは、これからどうするの？」

「……やるべき事をやる。だいたいな、考えてもみろ。ただの平民が、長年の未解決問題を解くなんて事——あるはずがない。不正があったと考えるのが自然だろう」

そう言いながら、マティは職員室を後にする。

マティにとって平民とは才無き者で、庇護《ひご》の対象でなくてはならない。間違っても戦闘で自らを圧倒し、更には未解決問題を解く天才などであってはならないのだ。

そんな例外が現れれば、これまでの人生がすべて嘘になる。

「見てろよ、フィアナとやら——必ずや貴様の化けの皮、剝がしてやるからな」

――そうしてマティは、ありもしない真実に頭を悩ませる事になる。


マティが退出した職員室にて。

「この生徒は、フィアナといったか。ゆくゆくは魔法工学課に進んでもらうとして――これは我が国の未来は明るいな！」

残った教師たちは、侃々諤々《かんかんがくがく》と言い争いを始めていた。

ずばり、フィアナの勧誘合戦である。優秀な生徒を確保する事――それは各学科の教師にとって死活問題であった。

「ちょっ!?　抜け駆けはよくないですね。彼女には、騎士課に進んでもらって、いずれは国の中心を担うエースになってもらいたく！」

「いやいや、冗談はよして下さい。彼女には、是非とも触媒の素晴らしさにも触れてもらって、いずれは触媒開発課に……」

フィアナの獲得を目指し、教師たちはバチバチと火花をちらし合う。彼らの頭の中からは、フィアナの答案用紙のほとんどが白紙である事実《ポンコツぶり》はすっぽりと抜けていた。

「皆さん、落ち着いて下さい！　何はともあれ、こういう事は本人の意思が大切ではありませんか……！」

「た、たしかに。本人のやりたい事を尊重するのが、学び舎として正しい姿で――」

「ですから、フィアナさんにはノビノビと戦えるように魔法武術課に」

「「「台無しだよ!!」」」

職員室で、そんな争奪戦が行われている一方……、

「う～、面白そうだからって、たった一問に二時間もかけてしまうなんて。もうおしまいです……」

当のフィアナは、寮の浴場で涙目になっていた。

己の答案がうっかり未解決問題を解いてしまい、教師たちの間でフィアナ争奪戦が起きているなんて事実をフィアナが知るのは、まだまだ先の話である。

＊＊＊

翌々日。

私は試験結果を聞くため、学園長室に呼び出されていました。

（うぅ……。さようなら、エリシュアン学園）

（お弁当、とっても美味しかったです）

お通夜ムードの私を待っていたのは、

「はぇ……、私が特進クラスですか？」

「さすがは炎舞の大賢者さまの弟子じゃな。実技・筆記ともに文句なしのSランク判定――歴代の合格者でも前例のない快挙じゃ！」

「そんな馬鹿な……」

まさかのエレナ学園長からの「合格」の言葉でした。

それもエリシュアン学園最上位の特進クラス編入のお誘い。諦めムードだった私は、思わず目をまんまるにして聞き返します。

「まさか例の問題を解く者が現れるとはな。まさに文武両道――それでまだ一三歳というのじゃから……、まったく末恐ろしい娘じゃ」

「えっと……、少なくとも私のテストは壊滅的だったと思いますが」

何をどう間違えたら、あの真っ白な答案用紙がSランク判定に化けるというのでしょう。

真っ先に私の脳裏をよぎったのは、ドッキリの四文字でした。

「あれほどまでに完璧な魔法陣を披露しておいて何を言う。お主の答案を読み解くために、工学科の馬鹿どもは、授業もほっぽりだして研究に没頭する始末――その結果お手上げと来たものじゃ。まったく、とんだお笑い種《ぐさ》じゃな」

「それは……、すみません？」

まるでピンと来ない話です。

（ハッ！　これはエルシャお母さんに習った王都流の面接テクニック――褒め殺しってやつですね。危うく騙《だま》されるところでした！）

（王都、恐ろしい場所です……）

ここでの会話は、さながら最終試験といったところでしょうか。

調子に乗ってしまったら、人格不適格として不合格――そんな恐ろしい罠《わな》が張り巡らされていたのかもしれません。

「あの魔法陣、今思い返すと未熟で恥ずかしいんですよね。でも言い訳をするなら、初めて見た魔法陣について二時間で考えるのは、あれが限界でして――」

「待て。お主、初めて見たと？」

魔法陣についての私のコメントに、目を見開くエレナ学園長。

（ヒィィイ、なんでそんなところに喰い付いてくるんですか!?）

「あれが有名な未解決問題という事は、当然、気づいておるな」

「へ、未解決問題!?　それって、誰にも解けないような難しい問題って事ですよね。そんなもの学校の試験で、出すわけが――」

私は笑い飛ばそうとしましたが、

「マジですか？」

「ああ、大マジじゃ」

真剣な顔でエレナ学園長に頷かれてしまい、

(なるほど！　うっかり未解決問題を解いてしまった天才少女……、そうやっておだてて失言を狙ってるんですね!!)

(王都――やっぱり恐ろしい場所！)

私は、更に警戒レベルを引き上げます。

「信じられん。お主は、あの魔法陣は、前々からの研究成果ではなく――その場で考えたと、そう言ったのか？」

「もちろんです。というかテストの内容を前もって考えてくるなんて、そんなの不可能ですよね？」

私が、きょとんと首を傾げると、

「実は、一部の教師から、お主の答案に不正疑惑が持ち上がっておってな――」

「なんですって!?」

「テストの問題が、一部、流出していたのではないかとな」

「ふ、不正なんてしてないですよ」

そんな事を言い出した教師は、私の残念すぎる真っ白な答案用紙を見ていないんでしょうか。

むっとした私を見て、エレナ学園長も申し訳無さそうな顔をしながら言葉を続けます。

「無論、我は、お主が不正を働いたとは思っておらぬ。じゃがな、今後の面倒事を考えるなら、ここできっちりと証明しておくのが良いのも事実。ほれマティ、入るがいい」

「機会をいただき感謝します」

そんな言葉と同時に入ってきたのは、模擬戦で戦ったマティ先生でした。

「マティよ、この場でこの者の不正を暴いてみせると言っていたな」

「はい。尊き血を引かぬものが、歴史に名を残すような問題を解決するなどあり得ぬ事。私が、今からそれを証明してみせましょう」

マティ先生は、そんな事を言いながら私の前――エレナ学園長の隣――に腰掛けます。

(歴史に名を残すような問題?)

その演技、まだ続けるのか――と、曖昧に頷く私でした。

「不正を見抜くなら、この質問で十分。フィアナよ、もしあの魔法陣を更に改良するとしたら、貴様はどこに手を加える?」

仰々しい前置きをよそに、マティ先生の質問はそんな簡単なものでした。

(模擬戦が終わればノーサイド!)

(なるほど……、マティ先生は、私の潔白を証明しようとしているんですね!)

不正を暴くという言葉も、憎まれ役を買って出てくれたのでしょう。

「マティよ、未解決問題の解決策にさらなる改良を加えるなど、もはや人間には不可能じゃ。分かっておるじゃろう」

「いいえ。もし、この者が天才であるなら答えられるはずです。天才でなければ答えられない問題に答えたと証明するには、天才である事を示すのみ――何か間違っていますでしょうか」

「真顔で何を言う、無茶苦茶じゃぞ」

ひそひそと言い合うマティ先生たち。

その視線には、不思議と熱量があり……、

「魔法陣の改良点ですか――」

一晩考えて気が付きましたが、あの魔法陣には至らぬ場所が山のようにあります。

「そうですね……。あの解答だと制御に力を入れすぎて、どうしても変換効率が落ちてしまったのが反省点でした。なので、改良するとしたら……、まずは、もう一つ相反属性の魔法陣を組み込んで思いっきり暴走させますね」

「はっ、化けの皮が剝がれたな。そんな事をすれば、あっという間に爆発するだろう」

（理想の合いの手です、マティ先生！）

私はチッチッチと指を振り、

「もちろん、そのままだと爆発します。でも、そこを解決できる仕組みが、人間の身体には隠されていましてね。ここを、こうして――」

私は、サラサラサラッと空中に魔法陣を描き出します。

それはテストでの答案に、更に改良を加えた自信作でした。

「お……、おまえ！　今、いったい何を!?」

「マティ先生、ここにニュートラルなマナを通してくれますか？」

私は、あんぐりと口を開けているマティ先生に実演を依頼します。

観念したように、マティ先生が魔法陣に手を触れ……、
ズガァァァアン！

発動したのは、蒼炎《そうえん》に染まるレーザー砲。

バチバチと激しい火花を散らしながら、鋭い一撃がエレナ学園長の張った結界に突き刺さりました。

「なっ、何だこれは!?」

「信じられん。今のは狙って起こした現象なのか？」

「もちろんです！」

二人が見せてくれたのは、気持ちいいまでのオーバーリアクション。

ルナミリアの人たちも、少しは見習ってほしいものです。

「制御の部分を変えれば、他の魔法に変換する事もできるかもしれませんね。でも安定性の面では、やっぱり難があって――」

私が補足するように、そんな事を説明していると、

「もう十分じゃ。疑うような事を口にして、本当に申し訳なかった」

「これが――真の……、天才か」

どうやらマティ先生の助けもあり、無事、私の潔白が証明されたようです。

「平民でありながら、歴史を動かす新発明――なるほどな。私は間違っていたようだな」

更には憑《つ》き物《もの》が落ちたような顔で、マティ先生はそんな事を言い出しました。

「真の天才が現れた時、私はその道を全力で支えようと決めていたはずなのにな。古い価値観に凝り固まって、あろう事か妨害に走ろうなど――まったく、自分が恥ずかしい」

「は、はぁ……」

「かくなる上は、この学園の教師の資格を返上する事でミソギとさせていただきたく――」

クワッ！　と目を見開き、とんでもない事を言い始めるマティ先生。止めるべきエレナ学園長まで、なにやら深刻な顔でうんうん頷いてますし……、

（このままでは、模擬戦で試験官をボコボコにして、さらには退職に追いやったやべえやつって噂されちゃいます）

（そんな事になったら終わりです！）

「と、とんでもありません！」

私は、マティ先生を止めるべく口を開きます。

「マティ先生は、私の解答用紙（ほぼ白紙）を見ましたよね!?」

「ああ、まさしく王者の解答だったな。美しい魔法陣――世界を変えるものは、かくあるべきという事を示した立派なものだった」

「ッ!?」

予想の斜め上の言葉に、私は目を白黒させる事しかできません。

口をパクパクさせて、

（ッ！　これも王都流の面接術！）

私は、ふと我に返ります。

普通に考えて、あの解答がそこまでベタ褒めされるわけがありません。だとすればこのやり取りも、私がエリシュアンに相応《ふさわ》しいかを見極めるためのもののはずです。

（これはつまり、マティ先生の退職を防ぐ試験。そういう事ですね！）

そう結論付け、私は口を開きます。

「あれぐらいの解答なら、少し研鑽《けんさん》を積めば誰でも解けますよ」

「そんな馬鹿な!?　模擬戦で見せた天性のセンスに、あんな魔法陣まで――間違いなく生まれながらにして神童。溢《あふ》れんばかりの才能に恵まれていたんだろう」

「いえ……。私、村では一番弱かったですし」

溢れんばかりの才能があれば、きっと村の模擬戦で百連敗なんて記録を叩き出す事もなかったでしょう。

マティ先生の言葉に、私は半眼になります。

「生まれながらにして、第三冠魔法が使えたわけではないと？」

「当たり前です。そんな事できたら、神そのものですよ」

何を当たり前の事を、と私はため息をつきます。

「生まれながらにして神童でなかったとして、貴様は――いや、フィアナ嬢。君は、どうやってその領域に至ったというんだ？」

「えっと、できるようになるまで諦めなかった事ですかね」

魔法陣パズルにハマったときは、夢中になって三徹しました。

模擬戦だって、相手が嫌になるぐらい何度も繰り返しました。もっとも娯楽の少ないルナミリアでは、それぐらいしか楽しみがなかったせいでもありますが……、

「だとしても、できなくて投げ出したくなる事はあるだろう。そうだな、戦闘練習も勝てる兆しすら見つからなければ――」

「簡単です。それでも勝つまでやればいいんです！」

「それでも、たとえ一〇〇回やって、一度も勝ち目すら見えなかったら――」

（やけに食い下がってきますね……）

ただの試験の質問にしては、今のマティ先生からは鬼気迫るものを感じます。

「簡単な事ですよ。一〇〇回やって勝てなければ、千回挑めばいいんです！　すべての技術を盗んで――最後には勝ちます！」

きっぱり告げた私に、

「はっはっはっ、一〇〇回で駄目なら千回か」

呆気《あっけ》にとられた様子のマティ先生は、その後、何がおかしいのか豪快に笑いだしました。

「ちょっと!?　そんなに笑わないで下さいよ。そりゃあ私だって、一回目からピシッと勝ちたいですよ。でも、相手が強すぎれば――」

（――って、これじゃあ私が模擬戦で百連敗した考えなしのアホみたいじゃないですか！）

まあ、事実なんですけどね！

私が、わたわた言い訳しようとしていると、

「言うは易《やす》し行うは難《かた》し、だな。同じ事を言っていた奴が、何人私の前から消えていった事か。それでも……、それを愚直に繰り返してきたから、君はその領域に至ったというのだな」

なにやら勝手に納得して、マティ先生は深々と頷きました。

何を思ったのか、その目には薄《うっす》らと涙が滲《にじ》んでおり、

「苦しくは……、なかったのか？」

「いえ？　最高に楽しかったですよ！」

なにせ身体を思い切り動かして眠っても、いじわるパズルが解けるまで徹夜しても、ちょっと寝たら翌日にはピンピンしているんです。

これぞ、健康による暴力！

フル活用しなければ損というものです。

「フィアナ嬢――才無き平民でありながら、努力だけでその頂に至った真の天才。教育者として是非とも伺いたい。何か、秘訣《ひけつ》のようなものはあったのだろうか？」

（あ、あくまで天才シチュエーションを続けるんですね……）

内心で突っ込みつつ、少し考え、私が導き出した答えは、

「健康な肉体、ですかね？」

そんなアホみたいなもので。

（本音ですが、面接の答えとしては〇点です。やらかしました！）

「あっ、いやっ!?　今のなしで――」

えーっと、えーっと。求む、頭のよさそうな面接向けの回答！

何も浮かばず、サーッと真っ白になる私。しかしマティ先生は、不思議と納得したような表情を浮かべると、

「血筋に価値は無し、健康な身体にこそ才は宿る。健康でさえあれば、努力次第で誰でもその頂にたどり着ける可能性がある――そういう事だろうか。至言、だな……」

マティ先生は、噛みしめるようにそんな事を口にし、

「私がこの学園でするべきは、道を断つ事ではなく寄り添う事。ああ、本当に目が醒《さ》めたようだよ――フィアナ嬢、感謝する」

深々と私に頭を下げてきました。

（えええっと……？）


私は、曖昧に笑みを返すのみ。

そうしてマティ先生は、やけにスッキリした顔で学園長室を去っていくのでした。


残された私は、エレナ学園長と顔を見合わせます。

「その……、最終試験は合格という事でいいのでしょうか？」

「最終試験？」

エレナ学園長は、不思議そうに目を瞬《しばた》いていましたが、

「すべての試験を最高ランクで合格し、さらにはマティ君を改心させてみせた見事な手腕。まさしく国の未来を背負って立つに相応しい――我がエリシュアン学園は、才ある若者を歓迎する。フィアナよ、今後の活躍に期待しておるぞ」

エレナ学園長は、真面目な顔でそう宣言します。

そうして無事に、私のエリシュアン学園への編入が決まるのでした。


【エリシュアン学園・特進クラスにて】

「スクープ、スクープですわ〜！」

そんな一部始終を、こっそり聞いていた少女が一人。

「例の子、ワタクシたちの特進クラスに入ってくるのですわ〜！」

少女――セシリアは金色の髪をなびかせ、そのスクープを持ち帰るべくパタパタと教室に向かって走り去っていく。


エリシュアン学園の特進クラス――そこは、名だたる名家の人間や、そうでなくても極めて珍しい魔法の才能を持つ一部の特例だけが所属する事を許されるエリートクラスである。

そんな国の未来を背負って立つ少年少女が集まる教室に、

「例のあの子、ワタクシたちのクラスに入ってくるみたいですわ！」

突如、そんな素っ頓狂な声が鳴り響いた。

ドヤァッと誇らしげな顔で、頬に手を当てて、教壇の前でポーズを決める不思議な少女。

名はセシリア――訓練棟前で、フィアナと邂逅《かいこう》を果たした少女である。

「例の子って、いびりのマティを、さいっこうに、一方的に、フルボッコにしたという……、あの噂の……？」

「ええ、さいっこうに、一方的に、フルボッコにした挙句、あれは紙一重の勝利だったと謙遜してみせる……、あれほどの強さを持ちながら、決して驕《おご》らない美しい心の持ち主であるフィアナさんの事ですわ！」

「あれでギリギリの戦いだったなら、本気を出したらマティの野郎はどうなっちまうんだ!?」

「それはもう——木っ端微塵ですわね！」

「「木っ端微塵！」」


——フィアナの噂は、本人が危惧した感じに広がっていた。

ちなみにセシリアという少女に、一切の悪気はない。

ただ己が目にしたものを感動のままに喋《しゃべ》って回っていたら、そんな事になっていたのである。

「なんと広い情報網、さすがはセシリアさまですわ！」

「いいえ。ワタクシ、学園長室に張り付いて実際に聞きましたの！」

「えっ……!?　それって、ただの盗《とう》——」

「人聞きの悪い事を言わないで下さいまし！　ワタクシは、こっそり学園長室に忍び込んで、最終面談の結果をこの目で見てきただけですわ！」

「アウトォ！」

突っ込みに、ピシャリと言い返すセシリア。

何を隠そうセシリアは、学園長室への潜入に成功。気配を殺しながら、一連のやり取りをしっかり聞いていたのである。

確かな技量に裏打ちされた、令嬢としては無駄以外の何ものでもない謎技術。そんな腕前を見せつけたセシリアに、派閥の少女たちは……、

「完璧な腕前ですわ！」

「さすがはセシリアさまですわ！」

「お～っほっほっほ、ワタクシの手にかかれば朝飯前ですわ～！」

その腕前を、迷いなく褒め称《たた》えた！

ヨイショでも、馬鹿にしている訳でもない。

純度一〇〇%、心の底からの称賛である！

「フィアナさんを派閥に引き入れる事に成功すれば、セシリア派は一気に大躍進しますわ。皆さま、早速フィアナさんをワタクシの派閥に取り込む作戦会議を始めますわよ！」

「「はい、セシリアさま！」」

ワイワイ、ガヤガヤと始まる作戦会議。

ちなみにセシリア派を名乗る人間は、セシリア含めてたったの三人――派閥はおろか、部活動すら結成できないぐらいの人数しかいない。

そんな彼女たちには、クラスメイトから「またいつもの奇行が始まったか」と生温かい視線が注がれていた。

セシリア・ローズウッド――彼女は、旧四大貴族家の長女だ。

ローズウッド家は、かつては国王を補佐する重要なポストに就いており、その影響力は計り知れないものであった——が、そんな栄光も今や昔。

勢力争いに敗れ、今では寂れた領地を持つだけの閑職に追いやられていた。

セシリアの目的は、ずばりお家の再興である。

エリシュアン学園で、自身の派閥を学園一の派閥に育て上げる事で、権力を取り戻す足がかりにしようと企《たくら》んでいたのだが……、

「フィアナさんが入れば百人力。吹けば飛びそうな我が派閥も、一躍、トップ派閥の仲間入りですわ！」

「セシリアさま、その意気です!!」

——計画は、まるで進まず。

クラスメイトからのセシリアへの評価は、善良で優秀。だが、だいぶ変なお嬢様……、というものに落ち着いていた。

だとしてもセシリアは、めげない。挫けない。諦めない。

家の復興も、派閥作りも、難しいのは覚悟の上。

両親の期待に応えるため。

セシリアは、ただ前だけを向いて突き進んでいるのである！

「これで我が派閥も安泰。ワタクシ、セシリア・ローズウッドは、皆さまの将来を、必ず保証しま

すわ！」

「「セシリアさま万歳、ですわ〜！」」

「そのためにも、なんとしてでもフィアナさんを派閥に加えますわよ！」

「セシリアさまのため！　フィアナさん捕獲大作戦、スタートですわ！」

…………そんなやり取りすら実のところ日常風景の一部。

特進クラスの生徒たちは、特に気にせず談笑を続けていたのであった。

教室の一番うしろにある窓際席にて。

「はぁ――、同じ平民で。学園中の話題を、一人で集めて。いったい、どんな子なんだろう」

一人の少女が、寝たフリをしながら静かにぼやく。青空のように美しいライトブルーの髪を、短く切り揃えた小柄な少女だ。

少女の名前は、エリン――特進クラスでは、ただ一人家名を持たない平民の生まれで、地方の貧しい農村出身の少女である。

世界でも数人しか使い手がいない光属性のマナに適性があったため、エリシュアンへの入学を許されたのだ。

「羨ましいなあ……」

例の模擬戦後、学園はフィアナの話題でもちきりだった。

同じ平民でも、持って生まれた才能がまるで違うのだろう。
初級魔法すら発動できない自分とは大違い。
惨めな気持ちになったエリンは、くっと唇を横一文字に結び、
「……トレーニング、行こ」
始業までは、まだ時間がある。
今日こそは言う事を聞かない光のマナを制御できると信じて。
エリンは時間を惜しむように、トレーニングルームに足を運ぶのだった。

二章❤一人目のお友だち！

Atoha presents
Illustration by Koin

私――フィアナは、無事、エリシュアン学園に編入する事になりました。

今日は、待ちに待ったクラスメイトとの顔合わせ。

私を特進クラスに案内するのは、担任の先生であり――戦闘課を担当するティア先生です。

ちなみにエリシュアン学園は、一二歳から入学する五年制の学校でした。

最初の二年は基礎課程となっており、三年次から自分で興味のある学課を選び、専門的な授業を受ける事になるそうです。

一三歳の私は、第二学年に編入という形になります。


「フィアナさん、あのマティを改心させるなんて。いったい、どんな魔法を使ったの？」

移動中、ティア先生が不思議そうに私に聞いてきました。

「改心って……、いったい何があったんですか？」

「それが……、帰ってきてからは、一流の才能は健康な肉体に宿るって。トレーニングメニューまで自作して、いつになく活《い》き活《い》きと授業の準備をしていて――あまりの変わりように、最初は頭でも打ったのかと……」

「よ、良い事じゃないですか？」

「まあ、そうなんだけどね」

（び、微妙に心当たりがあるような無いような——）

私は、笑みを浮かべて受け流すのでした。

そんな事を話していると、ティア先生が教室の前で立ち止まり、

「それじゃあフィアナさん、準備はいい？」

「はい！　準備バッチリです！」

私たちが扉を開けると、

（ふわっ!?）

すでに生徒たちは席に着き、私たちを待っていた様子。

一斉に向けられる好奇心に満ちた、視線、視線、視線。

（わぁ！　同年代の子どもがいっぱい！）

これぞ夢にまで見た学校の風景。

私が、ジーンと感動の涙を流していると、

「今日から一緒に学びを共にするフィアナさんです。それではフィアナさん、さっそく自己紹介をお願いします！」

ティア先生が、そう促してきました。

（ついに練習成果を見せる時です！）

転入生に訪れる自己紹介イベントの重要性は、前世で見たアニメや映画で、嫌というほどに学んでいます。ここで小粋なジョークを挟んで笑いを取れれば、一気にクラスの人気者に近づけるというものです。

私は、グッと気合いを入れて、

「フィアナです！　こうして学園に入る事ができて嬉《うれ》しいです！」

まずは無難に。

頭をぺこりと下げると、

「可愛《かわい》い～！」

「お人形さんみたい～！」

「こんなちっちゃな子が、本当にいびりのマティをぶちのめしたの？」

「ぶちのめしてませんよ!?」

概《おおむ》ね好評。

最後のよろしくない噂《うわさ》は、速攻で訂正しておきます。

「好きなものは新鮮なドラゴンの丸焼きです――あ……、でもこの辺だと獲るのが難しいって聞きました。もし狩りに行く人は、是非誘って下さいね」

「「「…………？」」」

好感触だった自己紹介はそこまで。

続く私の言葉で、教室には深い沈黙が訪れました。

（あ、あれぇ？）

食べ物の話題は万国共通。

ついでにお出かけの予定まで作れそうな、最高の自己紹介だと思ったのですが、

「じょ、冗談だよね？」

「そりゃそうだよな！　ドラゴンなんて魔界にしか生息してないバケモノの丸焼きなんて……、まさかな」

「あはは－、フィアナちゃん、面白いね――」

じわじわ教室内に広がる微妙な空気。

（むむむ……、自己紹介難しいです！）

私が眉をひそめていると、

「ハイ、ハイ！」

「あなたは、あの時の！」

勢いよく手を上げたのは、金髪碧眼《へきがん》の可愛らしい少女――私を寮まで案内してくれたセシリアさんでした。

（まさか同じクラスになれるなんて……。心強いです！）

「質問ですわ！　フィアナさんの趣味を教えて下さいまし！」

仕切り直しをするような質問に私は、

「趣味は――模擬戦です！」

「「「ヒィィ――（フルボッコにされるぅ！）」」」

「え、えっと……。他の趣味は？」

「狩りです！」

笑顔のままピシリと固まるセシリアさん。

またしても広がる深い沈黙。

私が、助けを求めるようにティア先生に視線を送ると、

「はい、自己紹介タイムはここまで！　フィアナさんの席は――エリンさんの隣が空いてますね」

「はい」

ササッと空気を切り替えるように手を叩《たた》き、話を次に進めてくれました。

私は、とぼとぼと席に向かい、

「こ、こんにちはー……」

「ん」

隣の席のエリンさんに軽く会釈。

向こうも軽く会釈を返してくれました――優しい。

（うぅ。学園生活……、難しいです）

（それでも、この試練を乗り越えて――いつの日か友達を作ります！）

私は、改めてそんな決意とともに席に座るのでした。

＊＊＊

「それでは、今日も一日元気に頑張りましょう！」

そんな言葉で、朝の会を締めくくるティア先生。

ちなみに朝の会は、主に出欠確認や、連絡事項を共有するための集まりであり、この学園の初等教育課程では毎日あるそう。

そうして訪れた休み時間ですが、

「誰か話しかけに行けよ。待ちに待った可愛い女の子だぞ（ヒソヒソ）」

「でも……、話しかけたら模擬戦でミンチにされそうだし（ヒソヒソ）」

「ドラゴンと戦う事になるかも――（ヒソヒソ）」

（大変です！　学園デビュー、大失敗です！）

（なんかずっと、遠巻きに見られてます。ショックです!!）

転入生を取り囲んで質問攻め……、みたいな前世のアニメで見た素敵イベントは発生せず。

誰もが遠巻きに、私の方をチラチラと見ています。

頼みの綱である隣席のエリンさんは、華麗に寝たフリを決め込んでいました。

（ぐぬぬぬ、私の完璧な計画では今頃クラスで人気者になっていたはずなのに！）

そんな私のもとに颯爽《さっそう》と歩いてくる少女が数名。

その先頭に立っていたのは、唯一の顔なじみであるセシリアさん。彼女は私の席の前まで歩いてくると、フサァッと金色の髪をかきあげ不思議なポーズを決めながら、

「お～っほっほっほ！　フィアナさん、あなたに私の派閥に入る権利を差し上げますわ！」

そんな恐ろしい事を言い出しました！

「セシリアさま、なんでいきなりそんな言い方を!?（ヒソヒソ）」

「だ、だって頼れる派閥のリーダーって、こんな感じじゃありませんの？（ヒソヒソ）」

「それ、どちらかというと、ただの嫌味な貴族そのものかと……（ヒソヒソ）」

何やらヒソヒソとささやきを交わすセシリアさんたちを前に、

（派閥～!?　派閥、駄目ゼッタイ！）

私は涙目になります。

派閥——それはルナミリアで、口を酸っぱくして言われたタブーワードでした！

「は、派閥は絶対に嫌です！」

「なんでですの～!?」

ギャーと悲鳴を上げ、全力で断る私。

――派閥なんていうのはね。

――碌《ろく》な争いを生まないのよ。

ルナミリアで、いつになく怖い顔で私にそう注意したのは、元聖女のナリアさん。

派閥――貴族社会。それは、腹黒タヌキたちが騙《だま》し合う恐ろしい世界だと、ナリアさんは吐き捨てるように言っていました。

なんでもナリアさんは、昔はマーブルロースの聖女として担ぎ上げられていたらしいのです。それが派閥争いに巻き込まれ、気がつけば冤罪《えんざい》で魔界への追放刑。腹いせにモンスターを吹き飛ばしていたら、いつの間にかルナミリアにたどり着いたのだそう。

ヤケクソになって、いっそ聖歌を歌って吟遊詩人を名乗ってやる事にした――と面白おかしく話していましたが、それはもう壮絶な過去で、

（すべての元凶は派閥なる存在！　怖すぎます、絶対に近づきません！）

セシリアさんの事は大好きです。

それでも、派閥だけは断固としてNGです！

「お待ち下さいまし！　ワタクシの派閥に入れば、ローズウッドの名において庇護《ひご》を与える事も――」

「派閥、駄目ゼッタイ、です！」

私が目をバッテンにして、ぶんぶんクビを横に振っていると、

「セシリアさまのせっかくのお誘いに、なんって失礼な！」

「そうですわ！　またとないチャンスですのに！」

セシリアさんの後ろにいた生徒たちまで、面倒な事を言い出します。

もちろん私の答えに変わりはなく……、

「ワタクシ、諦めませんわよ！」

「ま、待って下さいセシリアさま～！」

（あっ――）

最終的に、セシリアさんたちはパタパタと走り去っていくのでした。

＊＊＊

そうして訪れた最初の授業。

動きやすい体操着に着替え、私たちは授業を行う校庭に来ていました。

「魔法実戦演習――楽しみです！」

初めて受ける授業に、心を躍らせる私。

担当教師は、私の試験官も務めてくれたマティ先生です。

「また、あの嫌味を聞かされるんだな（ヒソヒソ）」

「慣れるしかないさ。腹芸は貴族社会の基礎技術だぞ（ヒソヒソ）」

うんざりした顔で、クラスメイトたちが校庭に集まります。

（随分と評判悪いんですね、マティ先生の授業）

マティ先生には、編入試験で潔白を証明するのを手伝ってもらった恩があります。是非とも、信頼回復を手伝いたいところです。

そんな訳で、密《ひそ》かに気合いを入れている私をよそに、

「私は、今までは血筋で才能を測ろうなどと下らぬ事を考えていた。生徒を導き、育てる学《まな》び舎《や》の教員としてあり得ぬ事――本当に、すまなかった」

マティ先生は深々と頭を下げるではありませんか。

これにはクラスメイトも、困惑するばかり。

「いったい何があったんですの？」

「そこにいるフィアナ嬢に教わったのさ。血筋など飾り。天賦の才は、健康な肉体にこそ宿る――つまり、これからの時代は筋肉だと！」

「そんな事言ってませんが!?」

セシリアさんの質問に、マティ先生は自信満々にそう返します。

「なるほど……！　つまりはフィアナさんにボッコボコにやられて、心を入れ替えたという事です

わね！」

「まあ、そんなところだ」

「いやいやいやいや、全然そんなところじゃないですよね!?」

（ただでさえ自己紹介でやらかしたのに、試験官をボコボコにして、無理やり心変わりをさせたヤバイ奴《やつ》って噂になっちゃいます！）

（なんでセシリアさんは、そんな腑《ふ》に落ちたみたいな顔で、ポンと手を打ってるんですか!?　あとマティ先生も、ちゃんと否定して下さい！）

「あのマティ先生を改心させてしまうなんて――さすがはフィアナさんですわ。やっぱり是が非でも、ワタクシの派閥に……」

（派閥、ぜんぜん諦めてくれてない～!?）

　おまけにセシリアさんの口からは、恐ろしい独り言が聞こえてきて、

「うぅぅ……。王都、怖い場所です」

「……??」

　私は、ぽつんと離れた場所に立つエリンさんの隣にそっと避難するのでした。


　そうして授業が始まりました。

「それぞれの生徒の特性に応じて、訓練を行う必要があると思い直してな。そのためにも、皆の適

性を正確に測り直す必要がある――今日は基礎演習をやろうと思う」

マティ先生は真剣な表情で、そう切り出しました。

基礎演習――それは結界を張った動かないカカシに、自分がもっとも得意とする魔法をぶつける
という訓練だそうです。

どの段階の魔法まで発動できるか。

詠唱の正確さはどうか。

発動した魔法の威力はどうか。

発動までの速度はどうか。

魔法の持続時間はどうか。

といった五つの項目で魔法の腕を評価し、実力を測る演習だそうです。

(詠唱の正確さって……。何でそんなものを重要視してるんでしょう?)

ルナミリアでも、似た訓練をした事はあります。ですがイメージを具現化するために想像力を磨くのが何よりも重要で、詠唱はそれほど重要ではないはずです。

私が首を傾《かし》げていると、

「火のマナよ、我が求めに従いて顕現せよ。穿《うが》て、火の礫《ファイア・ブラスト》!」

カカシの前に立った生徒たちが、一斉に詠唱を始めました。

(なるほど、皆さん詠唱でイメージを固めてるんですね!)

思い返せば模擬戦でも、マティ先生も何やらぶつぶつと詠唱していました。もしかすると王都では、それが主流なのかもしれません。

「次は、セシリア・ローズウッド。前へ」

私がそんな事を考えていると、セシリアさんの名前が呼ばれました。

「はい、ですわ！　風のマナよ、我が求めに従いて顕現せよ。切り裂け、唸《うな》れ、切断せよ――風刃《ウインド・ブレイド》――ですわ！」

自信満々に詠唱するセシリアさん。

魔法陣から風の刃が現れ、すべてを切り裂かんと標的に向かって飛びかかります。

ジャキーン！

そんな激しい衝突音とともに、結界により風の刃が弾《はじ》かれてしまいますが、

「これがローズウッド家の実力ですわ！」

「「さすがはセシリアさま、ですわ～！」」

ドヤァッと、やりきった感を見せるセシリアさん。

（これは風の第二冠魔法。見事です！）

マナの流れが完璧にコントロールされた美しい魔法です。

私も内心で、パチパチと手を叩きます。

「次は、アレシアアナ・フェアリーダスト。前へ」

「かしこまりました」

静かに返答し恭しく前に出て、魔法の詠唱を始めるアレシアナさん。

「闇のマナよ、黒き鎖よ、縛れ――血染めの拘束《ブラッド・バインド》」

（わあ、珍しい――闇魔法です！）

真っ黒な鎖が現れ、カカシをしばり上げます。

他では見ない珍しい魔法。見事な魔法を発動させたにもかかわらず、アレシアナさんはまるで表情を動かす事もなく、ぺこりと一礼して持ち場に戻りました。

「むむむ……。相変わらず見事な腕前ですわね、アレシアナさん」

「うわっ、セシリアさん？」

「むう……、そんなに驚かないでも良いんじゃありませんこと？」

ぬっと現れたセシリアさんは、ちょっぴり唇を尖《とが》らせながら、

「アレシアナ・フェアリーダスト――我らがローズウッドグループ最大のライバルにして、天下のモンタージュ派の右腕といったところですわね」

「そ、そうなんですね――」

（私、すっかりセシリアさんに目をつけられてるみたい）

勿論《もちろん》、友達が欲しい私としては歓迎するべきではあるけれど……、

「もしフィアナさんがワタクシの派閥に入って下されば――」

「それは結構ですって!?」

派閥、駄目ゼッタイ！

めげずに派閥に誘ってくるセシリアさんに、そう言い返していると——

「では、次はエリン。前へ」

「はい！」

ぎゅっと杖《つえ》を握りしめ、前に出るエリンさん。

どうやら呼ばれる順は成績順らしいです。エリンさんがどんな魔法を使うか、私が楽しみに見守っていると、

「えっと——光のマナよ、収縮と爆散、果てなき雷、我挑むは原始の始まり。来たれ——創世の光《ビッグバン》！」

（光の——第五冠魔法!?）

とんでもない大技です。顕現させようとしているのは、校舎全体を包み込まんとしていた巨大な魔法陣。ワクワクと見守る私ですが、

——ポフン
そう物悲しい音を立てて、カカシ周辺に白い煙が立ち上ります。

典型的なマナの制御不足による不発です。

「あ……、失敗です」

悲しそうに呟《つぶや》くエリンさん。

「やっぱり平民が、伝説の光魔法なんて使えるわけが無いよな（ヒソヒソ）」

「このザマで、いつまで学園にいるんだろうな（ヒソヒソ）」

おまけにクラスメイトたちは、そんな言葉をひそひそと交わし合っていました。

（む……、感じ悪い人たちですね）

（エリンさんも、あんなに難しい魔法じゃなければ、簡単に使えそうなのに）

「あははは、また失敗しちゃいました。本当に――だめですね、私」

乾いた笑みを浮かべながら、エリンさんは私たちのもとに戻ってきます。

その顔には、軽い口調とは裏腹に悲壮感すら浮かんでおり……、

「エリンさん――」

思わず話しかけようとした私ですが、

「次は、フィアナ。遠慮は要らない、思いっきりやってくれ」

「はい！」

マティ先生に呼ばれてしまい、私は基礎演習に向かうのでした。

（自己紹介は失敗してしまいましたが、ここで取り返します！）

私は、腕まくりしながら気合いを入れます。

「マティ先生、思いっきりやって良いんですよね？」

「ああ、心配せずお手本を見せてほしい。カカシには、教師が数人がかりで結界を張ってあるからね――何があっても壊れる事はないよ」

マティ先生のお墨付きも得て、私は脳内で使うべき魔法を検索していきます。

ここで選ぶべきは、できるだけ派手で〝映える〟魔法でしょう。

一目見ただけで、教えてほしいと思ってもらえるような度肝を抜く魔法。これで休み時間は「フィアナちゃん、魔法を教えて！」と囲まれて、人気者の仲間入り間違いなし。

幸い、最近覚えた魔法にピッタリのものがあり……、

（本当は詠唱なんて必要ありませんが――それっぽく詠唱もしちゃいます！）

（その方が映えますからね！）

私は、両手を振り下ろしながら、

「神々の怒りよ、天より注ぎて大地を砕け――隕石襲来《メテオ・ストライク》！」

イメージしたのは、飛来する燃え盛る巨大な岩石。

ルナミリアでは、タフで有名なジャイアントオークを一撃で粉砕した自慢の魔法です。最近開発に成功したオリジナル魔法で、第四冠にカテゴライズされる大魔法です。

薄《うっす》らと空が紅に染まり、世界の終わりを予感させます。

やがて私が召喚した隕石《いんせき》が、魔法陣から次々と飛来し……、

ズガァァァン！

と轟音《ごうおん》を立てて着弾。

「あっ……」

隕石は軽々と結界をぶち破り、カカシが木《こ》っ端微塵《ぱみじん》になってしまいました。

（マティ先生の嘘《うそ》つき!!）

（結界、絶対に壊れないって言ったのに～!?）

結界と一緒に弁償!?　と、涙目になる私。

（やっちゃったものは仕方ありません。むしろこの方が派手で良いかも？）

私は、無理やりポジティブに意識を切り替えると、

「ど、どうですか？」

満面の笑みで振り返り、

「紅に染まった空から突如として降り注ぐ隕石。間違いない――これは人魔戦争で魔王が使ったとされる終末魔法！」

「まさか――魔王！」

「目を合わせるな、消されるぞ！」

「「ヒィィィィ――」」

（魔王って……、何!?）

ガクガクブルブルと震えるクラスメイトたちを見て、またしても失態を悟るのでした。

「す……、すごい!!」

空を見て目を輝かせていたエリンさんが、ひどく印象的でした。

＊＊＊

大恐慌を起こした実技の授業。

その後の授業（歴史と算術でした）ではスヤリスヤリと眠りに落ち、隣の席のエリンさんにツンツンつつかれて起こされる事多数。

午前中の授業が終わり、ようやく待ちに待った昼食の時間がやってきました。

（なんか色々失敗してしまいましたが、まだ取り返せます！）

（一緒に学食に行って、そこから華麗なる私のトークで話題を広げてみせます。おかずの交換だってしちゃいます！）

そんな意気込みと共にクラスメイトをお昼に誘う私ですが、

「ねえ、私とお昼ご飯を――」

「ヒィィィィイ、魔王!?　どうか、お許しを！」

「ねえ、私とお昼ご飯に――」

「模擬戦なんてやりません！　許して～!!」

なぜかサササッと逃げられる始末。

何人かに話しかけてみましたが、クラスメイトの反応は似たようなもので。

（ど、どうしてこうなった!?）

どれもこれもカカシ爆破事故のせいです。

昼休みが始まるなり、唯一怖がっていなかった頼みの綱のエリンさんまで、ひっそりと姿を消してますし……、

「うう……、マティ先生の嘘つき！」

私は涙目で、とぼとぼ学食に向かうのでした。


そんなこんなで、食堂に到着。

エリシュアンの学食は、裕福ではない地方貴族や、平民が主に利用しています。

（こうなったら作戦変更です）

（次は、私と同じ――一人でいる人を狙います！）

上手《うま》く行かなかった原因を考え、私は一つの結論に至りました。

すでに出来上がっているグループに入るのは困難。

私と同じ、ボッチ飯の人を狙えば、きっと友達になれるはずです。

私が歩くと、サーッと人が捌《は》けていきます。

その風景、まるでモーゼの奇跡。

まるで嬉しくありません。すでに心が折れそうですが、私は負けじと獲物《友達候補》を探してテーブルの周りを練り歩きます。

(むぅ。この時期じゃ、すでにグループが出来上がってますね……)

しばらし歩き回る事数分。

ついに私は、一人でもぞもぞ食事を摂《と》る学生を発見――そのままロックオン。

ササッと近づき隣に座り、ニコッと笑みを浮かべながら話しかけます。

「隣の席、良いですか?」

「ヒィイイイ、魔王だぁぁぁぁ!」

(嘘ぉ! クラス外にまで知れ渡ってる!?)

悲鳴をあげられ、逃げられてしまいました。

笑みを浮かべたままフリーズする私。あたふたと逃げ出した生徒は「これでお許しを!」などと言いながら、私にプチトマトを献上していき、

「ぷ、プチトマトはいいので、私と少しだけお話を――」

「コロッケだけはお許しを~!!」

すたこらさっさと姿を消してしまいました。

（これ、絶対ろくでもない噂が広がってますね!?）

脳内で、セシリアさんが「さいっこうに、一方的で、フルボッコでしたわ！」と目を輝かせながら、あちこちで話して回っている姿を幻視します。

それとも今日の授業でお披露目した魔法《メテオ・ストライク》のせいでしょうか。

（伝承の魔王も、紛らわしい魔法を使わないで下さい！）

魔法の規模で言えば、エリンさんの魔法の方がよっぽどすごいのに。


「っ〜ん、メテオの魔法を披露したのは失敗だったかもしれませんね……」

食事を口に運びながら、私は一人反省会を始めます。

「隕石が駄目なら、コンセプトを変えてみましょう。派手さよりも、うっとりする感じ――魔法の美しさであれば、あれとかいいかもしれませんね。よし、決めました。次は学園ごと氷の彫像に変えるニブルヘイムの魔法で――（ぶつぶつ）」

「ギャー、魔王さまの怒りを買ってしまった〜!?」

「どうか怒りをお鎮め下さいまし！」

私の呟きを聞きつけ、通りすがりの生徒が真っ青になります。

気がつけば私のお皿には、デザートの山がお供えされており……、

「なんか思ってたのと違うんですが!?」

私は学園生活のままならなさに、頭を抱えるのでした。

＊＊＊

そうして気がつけば、一日が終わろうとしていました。

一日が、終わろうと、していました!

(た、大変です!)

(友達はおろか、結局まともにクラスメイトとお話すらできてません!)

私が、エリシュアン学園に入ったのは友達を作るためです。

当初の計画では、放課後は友達と一緒に街に出かける予定だったのに、現実は教室でぽつんと一人ぼっち。

このままでは、一人悲しい学園生活が始まってしまいます。

(まだです!)

エリシュアン学園では、生徒の自主性を重んじて部活動を推奨していました。それだけでなく、在学中の冒険者活動も推奨しています。

この学校の生徒であれば、誰でも冒険者として活動できるように、冒険者ギルドとエリシュアン学園は協力関係にあるそうです。

生徒としても学費や名誉のため、冒険者として活動する事に積極的な者も大勢います。生徒たちの間で上位の冒険者ライセンスは、ある種のステータスのように扱われていました。

「私も、冒険者デビューします！　どうにかパーティーを組んで、数々の難敵を打ち破って、死線をくぐり抜けて、徐々に距離を縮めて――お友達になります！」

様々な苦楽を共にし、数々の死線をくぐり抜けた先にあるパーティーには、きっと友情が芽生えている事でしょう。

（少なくとも会話はできるはず！）

「いざ、冒険者ギルドへ！」

私は、颯爽と街にくり出すのでした。


冒険者ギルドは、王都の商業地区の一角にありました。

冒険者の権利保護、及び、その能力を平等に評価する――そんな信念で作られた冒険者ギルドは、今では王国中に支部を持つ大きな機関に成長しているそうです。

（騎士に、魔女っ子に、盗賊さんまで！）

（すごいです。これがリアルなファンタジー！）

いかにもな服装は、冒険者にとっての正装といったところでしょうか。

数多《あまた》の冒険者が、冒険者ギルドに入っていくのを見て、

「たのもー！」

私もワクワクと、その扉をくぐります。


「わぁ！」

どうやら王都の冒険者ギルドには、居酒屋が併設されているようです。

依頼を終えた冒険者たちが、エールを飲みながら上機嫌で談笑しています。それは見ているだけで楽しい気持ちになる日常風景でした。

「こんにちは！　冒険者ライセンスを作りたいです！」

私は、受付嬢のテーブルに向かい、そう声をかけます。

「いらっしゃい、エリシュアンの学生さん？　この時期に珍しいわね」

「えへへ。最近、編入したんです」

「こっちに名前と希望するクラスを書いてもらえる？」

「クラス？」

聞き慣れない言葉に、私はこてんと首を傾げます。

「クラスっていうのは、戦闘中にこなす役割。後で変更もできるから、難しく考えないで得意な事を書いたら良いよ」

「分かりました！」

受付嬢に渡された紙には、代表的なクラスの一覧とその特徴が記されていました。

こなす役割からクラスを選んで登録するというシステムは、パーティーを組むときにバランスを取りやすく利便性が高いそうです。

なんだか前世で遊んでいたゲームみたいでワクワクします。

（私の得意な事は——魔法？）

（いいえ、超健康な私に向いているのはこっちです！）

私は迷わず『ソルジャー』を選択。

いわゆるガシガシ前に出る剣士クラス——これでもアル爺《じい》との模擬戦で鍛えましたし、せっかくなので身体《からだ》をいっぱい動かしたいと思ったからです。

「お嬢ちゃん、剣士だったのね」

「はい、前衛ならお任せを！」

元気よく答える私を見て、受付嬢は楽しそうに苦笑します。

「剣士には関係ないと思うけど決まりだから、魔力測定も済ませちゃいますね」

受付嬢が、そんな事を言いながら水晶を渡してきました。

「これは？」

「あなた本当にエリシュアンの生徒？」

「すみません、王都に来たのが最近で常識には疎くて……」

私が困ったように眉をひそめると、受付嬢が手慣れた様子で説明してくれました。

いわく、触っただけでマナ量（またの名をマナ許容量。コントロールできる魔力の量の事らしいです）と、適性属性を測れる優れものだとか。

私が水晶にそっと手を触れると、水晶がまばゆい光を放ち、
パーン！

そう音を立てて、粉々に砕け散ってしまいました。

「ッ!?」

「あれぇ、すみません。水晶の調子が悪かったみたいで、ちょっと新しいやつ持ってきますね」

首をひねりながら、水晶を交換する受付嬢。

しかし、いくら新しい水晶に触れても、パリンパリンと割れるばかりでまともに測定結果を返してくれません。

「わ、私が不器用すぎるとか!?」

「光の色は白――もしかして光属性？　いえ……、それにしては眩《まぶ》しすぎる。もしかして基礎属性が全部、混ざり合っているとでもいうの？」

「あの……？」

「はっ、失礼しました」

受付嬢は、何やら考え込んでいましたが、

「適性属性は、火・水・風・土の四属性。マナ量は――測定不能っと」

ギルドカードにそう書き込みました。

(測定不能!?)

ショックを受ける私をよそに、

「フィアナちゃんは、魔法は使わないの？」

「使いますよ！」

「なら、なんでクラスは剣士なの？」

「身体を動かしたいからです！」

受付嬢は、不思議そうに目を瞬《しばたた》きました。

それでもプロ意識からか、すぐに表情を作り直すと、

「エリシュアンの生徒さんは、普通はEランクからのスタートなのですが……、これだけの才能溢《あふ》れる魔法使いをEランクにするのは――いえ、剣士でしたっけ？」

「はい！　でも魔法も使います！」

にっこり答える私を見て、

「う～ん、迷いますが――特例措置でCランクスタートとしましょう！」

受付嬢は、そう宣言するのでした。

「わあ！　ありがとうございます！」

そうして受付嬢から、冒険者ライセンスを受け取ろうとした矢先――、

「おうおう、嬢ちゃん。ズルは良くねえなあ。ズルは！」

顔を真っ赤にした酔っ払いが、そう私に絡んできました。

モヒカンヘッドの喧嘩《けんか》っ早《ぱや》そうな男で、こちらを威圧するように拳をゴキゴキ鳴らしています。

お酒が入り、すっかり出来上がった様子で、

（うっわぁ……、グレンおじさんよりも面倒くさい匂いがします！）

私が、故郷で散々絡んできたドワーフのおじさんを思い出していると、

「なんだ、その顔は！　今、『うっわ、面倒くさい酔っぱらいに絡まれた。面倒くせえ、死ねばいいのに』とか思ったな!?」

「そこまでは思ってませんよ！　あっ…………」

「カァァァア。エリシュアンのお貴族さまは、これだから――――」

大げさにため息をつくモヒカンさん。

いきなり向けられた敵意に、私がポカーンとしていると、

「賄賂でCランクスタートだぁ？　けっ。現場知らずのお貴族さまは、大人しく学園で机にかじりついてやがれってんだ」

モヒカン男は、そうガンを付けてきます。

ひどい言いがかりに絶句していると、受付嬢がフォローするように口を開きます。

（わ、賄賂ォ!?）

「マナ量が測定不能――その子、たぶんEランクじゃ役不足ですよ」

「大方、水晶に小細工してやがったんだろう！」

「いえ、ギルドで厳重管理している備品ですので……」

周囲の冒険者たちは、モヒカン男を迷惑そうに見ています。しかし酔いが回ったモヒカン男は、まるで気がついていない様子。

「えっと……、別に私はEランクでも大丈夫ですよ」

ちなみに冒険者ランクは、G～Sまでの八段階に分けられているそうです。

私の目的は、あくまでパーティーを組んで死線を一緒にくぐり抜けて、最後には友達になる事です。別にランクにこだわりはないのですが……、

「いいえ、フィアナちゃん。冒険者は信頼勝負――ここで引いたら舐《な》められちゃいますよ。ここは毅然《きぜん》とした態度を取らないと」

「そ、そういうものなんですか？」

そう受付嬢に言われてしまえば、引き下がる事もできず、

「ええっと――」

私が、どうしようと口をパクパクさせていると、

「ヒャッハー！　俺っちも助太刀するぜぇ！」

「ヒュー、生意気なお貴族さまに痛い目見せようってんですね。あっちも助太刀しやす！」

「よせ、ジロー、サブロウ。こいつぁ、俺の獲物だ！」

なぜかモヒカンが三人に増殖しました。

面倒くささも三倍です。

「…………どうすれば良いですか？」

「決闘、決闘だぁ！」

「ヒャッハー！　冒険者の厳しさを叩き込んでやんよ!!」

「Cランクの俺たちと戦って、もし勝てたらCランクとして認めてやるよ！」

思い思いにガンを飛ばしてくるモヒカン三人衆。しかしその迫力は、アル爺が模擬戦で飛ばしてきた研ぎ澄まされた殺気（仮にも娘に、あんな殺気を飛ばさないでいただきたい！）に比べれば、そよ風のようなもので……、

「分かりました、決闘ですね。受けて立ちます！」

決闘、模擬戦、腕試し、遊び——私はルナミリアで、そう言葉を変えて何度も真剣勝負を繰り返してきました。

一度の模擬戦は、百の会話に勝るもの。

全力で戦った相手とは、不思議と仲良くなれるものなのです。

「――う～ん、面倒なので三人一緒でいいですか？」

「あ？　舐めてるんじゃねえぞ！」

「ヒャッハー！………ぶち殺す!!」

（よし！　盤外戦術、成功です！）

軽い煽《あお》りは、決闘においては挨拶代わり。

ちゃっかり模擬戦に向けて意識を切り替えた私です。

「ええ？　フィアナちゃん……、Cランクを同時に相手するとなると、Bランク相応の実力が必要で……、さすがに無茶だと――」

「大丈夫です。多人数相手の戦闘も練習してますから！」

心配する受付嬢には、にっこり微笑《ほほえ》みを返しておきます。

そうして私とモヒカン三人衆は、闘技場（冒険者ギルドと併設されていました。素敵です！）に向かうのでした。

＊＊＊

そうして瞬く間に、決闘が始まりました。

ギルドに居合わせた冒険者が数名、観客席で戦いの行方を見守っています。

「あら、また三馬鹿モヒカン。お相手は？」

「今日、登録したてのエリシュアンの編入生らしい。魔法の腕がえげつなくて、飛び級でCランクのライセンスを与えられるとか」

「ほ～、そりゃあお手並み拝見だなぁ」

冒険者たちからは、興味深そうな視線が注がれています。

強さが正義の冒険者という世界――冒険者同士の決闘は、それだけで一つの娯楽として成り立っているようです。

「え？　エリシュアンの編入生って、魔王の再来と噂の……、あの？」

「あ、うちのチームでも噂を聞いた事が――」

「違いますよ!?」

そんな恐ろしい囁《ささや》きまで聞こえてきて、高速で否定する私。

「ヒャッハー、覚悟はいいかぁ!!」

一方、周囲の喧騒《けんそう》など気にせず、モヒカン三人衆は平常運転。

「遠慮は要りません。かかってきて下さい」

私が、クイクイと手招きすると、

「「ぶち殺すっ！」」

モヒカン三人衆は怒りに任せて、私に突っ込んでくるのでした。

「どうした、どうしたぁ！　手も足も出ないかぁぁぁ！」

「ヒャッハー！　油断したなぁ！」

「ヒュー、アニキ！　悪徳貴族はサックリ成敗——格好いいッス！」

モヒカンたちが高笑いしながら、無茶苦茶に手にしたサーベルを振り回してきます。

それは荒々しくも綺麗《きれい》な太刀筋でした。しかしあまりにも動きが素直なせいで、見切るのは容易でもあります。

私は軽やかにステップを踏みながら、攻撃を回避していきます。

(何か企《たくら》んでるんでしょうか)

何を狙っているのかと思いきや、モヒカンさんたちは愚直に攻撃を繰り返してくるのみ。

これが油断を誘うための演技だとしたら、大した策士ですが……、

「三対一だからって遠慮してるんですか？　もっと本気でやっていいですよ？」

「アニキ!?　こいつ、すばしっこいぞ！」

「どうなってるんだ、当たらねえ!?」

「慌てるな！　敵は魔法使い。詠唱の隙さえ与えなければ、俺たちの勝利は——ふべしっ！」

埒《らち》が明かないので、こちらから仕掛けます。

何かを言いかけたリーダーモヒカンを、私は思いきりぶん殴り……、

「ホギャァァアア!?」

「「アニキィィイ!?」」

相手は凄《すさ》まじい勢いで吹っ飛び、そのまま場外に墜落していきました。

「は……?」

「嬢ちゃん、おまえ——魔法使いじゃねえの?」

「剣士ですって!」

ポカーンとしたまま動きを止めるモヒカンたち。

「何でもやりますよ。なんてったって私、健康ですから!」

私は、えっへんと胸を張ります。

ルナミリアでは、毎日のように模擬戦をして遊んでいた私です。だいたいの武器なら扱えますし、ある程度は肉弾戦だってお手のもの。

虚弱で動けない前世とは違うのです。

「か……、怪力女!!」

「なっ!? 年頃の女の子に向かって、なんて事を言うんですか!!」

ムカッときた私は、身体強化魔法をフル活用。

一気にトップスピードまで加速し、そのまま一人の後ろを取ると、

「おまえ……!?　いつの間に――」

「成敗！」

情け容赦なくグーパン。

拳を受けたモヒカンさんは、またしても天高く吹き飛び、

「ギャンッ！」

地面に突き刺さりピクピクしています。

「これで……、あなただけですね！」

「ヒィィィイ――参った！！！」

サーベルをポイッと投げ捨て、見事な土下座を決めるラストモヒカンさん。

やけに手慣れた美しいフォームでした。

「そこまで！　二人は戦闘不能――一人は降参。勝者――フィアナ！」

同時に、審判の宣言も響き渡り、

「あの嬢ちゃん、やるなあ！」

「まさか三馬鹿モヒカンを一方的にノシちまうなんて！」

「あいつら、頭に筋肉しか詰まってない馬鹿ばっかりだけど、実力だけは確かだからなぁ……」

どっと沸く観客席。

その声は、たしかに私を称《たた》えるものではありましたが、

（おかしいですね。友達作りから、どんどん遠ざかってるような――）

拳を突き上げ、歓声に応えつつ。

内心では、首を傾げる私なのでした。


その数分後。

「嬢ちゃん！　いいや、姉御！」

「……は？」

リーダーモヒカンが、むくりと起き上がり、仲間になりたそうに、こちらを見てきました！

「俺、感動しちまったよ。魔法使いでありながら、軽やかな身のこなし。なにより笑顔のまま、情け容赦なく敵を屠《ほふ》るその冷徹さ――姉御は漢《おとこ》の中の漢だ！」

「だ〜れが男じゃっ！」

思わずグーパン。天高く吹っ飛ぶモヒカン。

精神攻撃なら一〇〇点満点です。

「へっ……、姉御にならこの命、捧《ささ》げてもいいかもな。この世界は力がすべて――約束どおり、俺たちは、あんたの舎弟になろう！」

「ノーサンキューです！」

「ヒャッハー！　俺っち、殴られるのが快感になっちまったぜぇ！」

「知りませんが!?」

だらだら流血しながら、ナチュラルに意味の分からない事を言い出すモヒカン集団。

(冒険者って、みんなこうなんですか!?)

ぜえぜえと肩で息をしながら私は、

「これでCランクと認めてくれますか?」

「ハハァ！　姉御ならCランクどころか、すぐに伝説のSランクにもなれると思いやす！」

とりあえずの目的を果たし、静かにため息をつく私。

冒険者登録をしたかっただけなのに、思えば随分と大事になってしまったものです。

「これから少しは人の話を聞いて下さいね」

「「「はい、姉御！」」」

見事なジャンピング土下座を決めてみせるモヒカン三人衆。

「姉御呼びはちょっと――」

「「「はい、姉御！」」」

「……もう、それでいいです」

友達の代わりに、なぜかできたのは舎弟。

(どうしてこうなった～!?)

ままならぬ現実を前に、私は天を仰ぐのでした。

＊＊＊

冒険者ギルドに戻る道すがら、

「フィアナの姉御！　お荷物、お持ちします！」

モヒカン三人衆が一人——最年少のサブロウが、恭しく私に頭を下げてきます。

ちなみに三馬鹿モヒカンたちは、タロウ・ジロウ・サブロウと、とても覚えやすい名前をしていました。

「あ、ありがとう」

仕方なくカバンを渡す私。

まるでパシリ……、やっぱり友達とは程遠いのです。


「あ、フィアナちゃん。無事だったんだね！」

受付嬢のもとに向かうと、随分と心配していたのか、そう嬉しそうに声をかけられました。

「はい、こうして戦ってCランクとして認めてもらいました！」

「ヒャッハー！　姉御は世界最強。いずれはSランク入り間違いなし！」

「……マジ？　Cランク三人相手に勝っちゃったの!?」

受付嬢は、あんぐりと口を開けていましたが、

「はい、これがCランクの冒険者ライセンス！」

「ありがとうございます！」

立派な装飾が施されたカードを、手渡してくれました。

（これが念願の冒険者ライセンス！）

（これでいよいよ、パーティーを組めます！）

私が、ニコニコと渡されたピカピカ輝くカードを眺めていると……、

「エリン！　おまえのような役たたずは我がパーティーに必要ない。よっておまえは追放だ!!」

「そんな……！　いきなり、困ります」

そんな言い争いが、耳に入ってきました。

その片方の少女の声には、なぜだか聞き覚えがあり……、

「まったく！　特進クラスの人間なら、どんな活躍をしてくれるかと思えば――とんだ貧乏くじじゃねえか」

「ま、まだ魔法は使えませんが、これでも――」

「へんっ、おまえなんか杖を棍棒《こんぼう》みたいに振り回すのが関の山だろう」

「うぅ……」

深々と下げられたライトブルーの頭。

不釣り合いに大きな杖を背負った少女は……、

「エリン……、さん」

「フィアナちゃん？」

授業中に居眠りした私を、遠慮がちに起こしてくれる天使――エリンさんでした。

冒険者ギルドで、偶然、私が出くわしたのはエリシュアンの生徒たち。

とはいえエリンさん以外の生徒に見覚えはありません。私が、まじまじと彼らの事を見ていると

……、

「こ、こいつは――魔王!?」

「なんで!?」

男子生徒の一人が、ギョッとした様子でそんな事を呟きました。

ちょっぴりショックです。

「フィアナちゃん、どうしてここに？」

「えっと……、冒険者になりたいなって」

思わぬ再会に驚いていると、エリンさんがそんな事を聞いてきました。まさか友達が欲しくて、

とも答えられず私は言葉を濁します。

「エリンさんは？」

「私は――早く魔法を使えるようにならないといけませんから」

ぎゅっと杖を握りしめながら、エリンさんは表情を曇らせます。

（エリンさん……、随分と授業でも悩んでたよね）

（どうにかして、力になりたいけど――）

唯一、特進クラスで魔法を発動できず居心地悪そうにしていたエリンさん。

話を聞くと、冒険者としても『マジシャン』クラスとして登録しながら魔法を使えないという現状に、とても困っているようで……、

（そうだ！　これなら一石二鳥！）

良い事を思いついた、と私はポンと手を叩き、

「ねえ、エリンさん。そのパーティーを辞めたらソロですか？」

「えっと……、はい」

おずおずと頷《うなず》くエリンさんに、

「なら、私とパーティーを組みましょう！」

善は急げです。

私は、笑顔でそうエリンさんを誘います。

（もしパーティーを組めれば、一緒に何度も死線をくぐり抜けて、そのうち熱い友情が芽生える――可能性も！）

「え……？」

私がそう言うと、エリンさんは目をまん丸にして驚き、

「それは……、願ってもない話ですが——私でいいんですか？」

「もちろんです!! エリンさんがいいんです」

これは、夢に向かっての大いなる第一歩！

私はエリンさんの手を摑《つか》み、ぶんぶんと振り回します。

無邪気に喜ぶ私をよそに、エリンさんはあわあわと困惑していました。


そんな様子が面白くなかったのか、パーティーリーダーの男性が、

「止《や》めとけ止めとけ。無能のエリンなんかと組んだら、せっかくの才能が台無しだぞ」

そんな事を言い出しました。

「もし冒険者として活動していくなら、仲間はちゃんと選んだ方がいい。例えば——俺たちのパーティーとかな」

そう言いながら、自信満々で己を指差すリーダーの男性。

聞いてもいない事をペラペラ喋《しゃべ》り、更には手を差し出して勧誘までしてきたので、

「エリンさんが無能って、どういう意味ですか？」

ムッとした私は、パシッと差し出された手をはたき落としました。

「なっ、正気か!?」

断られると思っていなかったのでしょう。

男性は、驚いた様子でこちらを見ると、

「俺たちのパーティーは、エリシュアンの中では第一九位の上位ライセンス持ちで――」

「知りませんよ、そんなの。言いたい事は、それだけですか?」

怒りの籠もった私の視線を受け、一瞬、リーダーの男性は怯《ひる》んだようでしたが、

「な、何をそんなに怒ってんだ。役立たずを役立たずと言って何が悪い――そんな奴と組むメリットなんて、何もないだろう」

「あなたがエリンさんの何を知ってるんですか」

男の心無い言葉に、自分でも驚くほどに冷たい声が出ました。

「エリンさんは魔法演習でやらかした私にも怖がる事なく、優しくしてくれました。それに誰よりも才能に溢れていて、それでいて努力家で――エリンさんは役立たずなんかじゃありません」

「何を馬鹿な事を――」

「何より、私が、エリンさんとパーティーを組みたいと思ったんです。それ以上の理由が必要ですか?」

「くっ、だが……!」

意固地になり、尚《なお》もそう言い募る相手に、

「あぁぁあん？　姉御が、立ち去れって言ってるんだ。さっさと消えろ！」

「ヒャッハー！　姉御に逆らうやつは、皆殺しだぁぁぁ！」

「ヒィィイイ、三馬鹿モヒカン!?」

「「「あんだと！！？」」」

いきり立って凄《すご》む自称舎弟のモヒカンの皆さん。

（どこの世紀末ですか……）

「すみません。話がややこしくなるので、黙っていていただけると――」

「「「………すみませんでした!!」」」

私がたしなめると、スン……と黙り込み、またしても神速で土下座を決めます。

「すげぇ、もう三馬鹿モヒカンを完全に従えてるよ」

「あれが――エリシュアンの魔王！」

「俺……、蔑んだ目で踏まれたい――」

「ひ、人聞きの悪い事言わないで下さい！　ほら、タロウさんたちも立って下さい!?」

広がる噂が不穏過ぎます！

（……って、あぁぁああ!?　なんかエリンさんに恥ずかしいところ見せちゃいました！）

（姉御呼びって!?　姉御呼びって！）

恐る恐るエリンさんの方を見て、

（――って、なんかすごい目をキラキラさせてこっちを見てるぅぅう!?）

無邪気にニコニコ笑ってるエリンさん、可愛いです（現実逃避）

「こほん」

軽く咳払《せきばら》い。

私は、いまだに納得いかなそうな相手を見て、

「そもそもエリンさんは、凄腕《すごうで》の魔法使いの卵ですよ」

そう宣言します。

「はぁ？　そんな訳が――」

「やれやれ、分かりました。そこまで言うなら……、私がエリンさんの実力を見せつけてあげますよ！」

「…………え!?」

その言葉に驚いたのは、エリンさん本人でした。

「いや、そんな……、私は――」

あたふたした様子で、エリンさんは言葉にならない言葉を紡ぐのみ。

光魔法への適性――それだけでオンリーワンといって良い才能です。さらには第五冠の大魔法が発動できる直前まで極めつつあるのです。

まだエリンさんは、自分の魔法の使い方に気がついていないだけです。

その才能は、他と比較できない唯一無二のもので……、

「大丈夫です、エリンさんには間違いなく魔法の才能があります」

「そんな事――」

「私が保証します。エリンさんの持ってる力は、間違いなく人の役に立つものです――だから少しだけ信じてあげて下さい。ね？」

光属性――ルナミリアに流れ着いた元聖女・ナリアさんが操るのと同じマナです。

かつては聖女と呼ばれた彼女が、あまたの奇跡をおこしてきた力です。極めた先にある可能性は、計り知れません。冗談抜きに世界を変える可能性だってあるのです。

「そこまで言って下さるなら――」

私の言葉に、エリンさんはおずおずと、

「もう少しだけ、信じてみます」

それでも強い意志を持って頷いたところで……、

「――というわけで善は急げです。エリンさん、行きましょう！」

「どこに!?」

私はエリンさんの手を掴んだまま、勢いよく冒険者ギルドを飛び出すのでした。

＊＊＊

エリンさんの手を引き、駆け出した私は、

「エリンさん、どこ行きましょう？」

街を少し走ったところで、そう途方に暮れます。

「フィアナちゃん、まずはクエストを受けないと」

「な、なるほど。そんな決まりが！」

ポンと手を打つ私に、エリンさんが困ったように笑みを浮かべます。

エリンさんの実力を示すため、まずはクエストを受注する必要があります――とはいえ、今からギルドで手続きするのは面倒……、そんな事を考えていると、

「フィアナちゃん、もしよければ私のクエストを手伝ってもらえませんか？」

エリンさんが、おずおずとそう口を開きました。

「もちろんです！　えっと、どんなクエストなんですか？」

「えっと……、ダンジョンに潜って魔石を集めてきてほしいってクエストです。魔法工学科からの依頼ですね」

「魔石って？」

「モンスターを倒すと手に入るエネルギー結晶の事です。ちょっと高度な魔導具を動かすのに重宝するらしいですね」

「あ〜、これの事？」

私はポケットからきらきら輝く石を取り出しました。王都に向かう途中で倒したグリズリー・ベアから取ったエネルギー結晶です。

「おぉぉ、すっごい大きい。綺麗です！」

目をキラキラさせるエリンさん。

「どうやって手に入れたんですか？」

「これは来る途中で倒したモンスターから拾いました！」

「来る、途中で、倒した……？」

「私の故郷、随分と田舎なので――」

おっとりと首を傾げていたエリンさんでしたが、やがて「そういう事もありますよね」と納得して話を進めます。

「それで目的のダンジョンは、どこにあるの？」

「フィアナちゃん、本当に勢いだけで飛び出したんだね……」

「あはは、面目ない――」

エリンさんからじっとりとした目を向けられ、私は思わず苦笑いします。

「今回の依頼でいくのは、学園ダンジョンです」

「学園ダンジョン？」

「はい。学園でいくつかダンジョンを管理していて、私たち学生のためにトレーニングの場として提供してくれてるんです」

聞けば冒険者ギルドと提携したときに、実戦演習の場が必要になったそうです。

教頭のシリウス先生が主導してダンジョンをいくつか買い取り、適当なトレーニングの場として使えるようにダンジョンを〝養殖〟しているのだそうで、

「そうなんだ。エリンさん、物知り！」

「ん……、今日の授業で言ってた」

「そ、そうだっけ？」

（ううっ、エリンさんの視線が痛いです……）

座学の半分を、夢の中で過ごしてしまった私です。

「ダンジョンは、定期的にモンスターを倒して数を減らさないと氾濫――スタンピードを起こす事がある。今回の依頼は、その予防も兼ねてるんだと思う」

「げっ、スタンピード……」

（あの時は、大変だったなあ――）

嫌な響きの言葉に、私は故郷での日々を思い出しました。

ルナミリア周辺で三つのダンジョンが同時にスタンピードを起こしたときは、この世の終わりのような景色が見られました。

これぞ、ど田舎クオリティー……、二度と味わいたくないものです。

「げっ……？」

「いえ、ちょっと故郷でスタンピードに巻き込まれたのを思い出して――」

「それは……、大変ですね」

「まあ、すぐに解決したんですけどね！」

ちなみにエルシャお母さんが、火山を大爆発させたのはあの時です。

モンスターの大群が溶岩に押し流され、この世の地獄が拡大しました。今となっては、いい思い出――こほん。やっぱり、二度と体験したくはありませんね。

「クエストの内容は分かりました。行きましょう、学園ダンジョン！」

そうして私はエリンさんの手を引き、元気良く学園ダンジョンに向かって出発するのでした。


第二・学園ダンジョン――それが、今回のクエストの目的地です。

商業地区の一角に現れたダンジョンであり、材質もサッパリ分からない不思議な建造物が、地下へ地下へと続いているのだそう。

「おさらいすると――敵を倒しながらダンジョンを潜って、第一層のボスを倒して魔石を持ち帰ればクエストクリア。でしたよね？」

「はい。といっても私だけだと、ボスまで辿《たど》り着けた事もないんですけどね」

エリンさんは、頷きながらも浮かない顔をしています。

「大丈夫です！　大船に乗った気で、ドーンと自分を信じてあげて下さい！」

「その大船、たぶん沈むと思います」

「またそんな事を言って――」

私は、説得しようと口を開きかけて、

「論より証拠ですね。行きましょう！」

ダンジョンの扉を開くと、

「たのも～！」

「お、おじゃましまーす……」

ダンジョン――モンスターの領域へと足を踏み入れるのでした。

＊＊＊

私たちは、ダンジョンの中を進んでいきます。

（おぉぉぉぉ！）

（これが王都クオリティー！）

建造物タイプのダンジョンを見るのは初めてです。

ルナミリアの傍《そば》にあったダンジョンは、火山だったり、雪山だったり、はたまた真っ暗な洞窟だったりと、面白みに欠けていたのです。

私は、キョロキョロしながらダンジョンを突き進みます。

「フ、フィアナちゃん？　あんまり前に出ないで――」

「わわっ、ごめんなさい」

エリンさんに謝りつつ、

(なんだろう、これ？)

視界に入ったのは、まんまるの赤いボタン。

ここまで存在感を放たれると、思わず押してみたくなるのが人情というもの。

(ポチッとな)

私がボタンを押すと、ブーッ！っとけたたましい音で、警報が鳴り始めました。

「エリンさん!?　どうしよう、なんか鳴りだしました！」

「えっと……、この警報音は――」

エリンさんは、慌てた様子で考え込みはじめ、
パシュッ！

その結論を待つ事なく、私めがけて壁から矢が放たれました。

「フィアナちゃん!?」

悲鳴のような声をあげるエリンさんをよそに、

（こんな仕掛けが――王都のダンジョンは、面白いですね！）

ボタンが仕掛けと連動して、矢を射出するような仕組みなのでしょうか。

私は、飛んできた矢をサッとキャッチ。注意深く矢を眺めてみましたが、特に面白いものでもなさそうなので、そのままポイッと投げ捨てます。

「フィアナちゃん。今の罠《わな》、知ってたんですか？」

「ううん、初めて見ました。でも、矢が飛んでくるのが見えましたから」

「飛んでくるのが見えた!?」

そんな事可能なの……!?　とエリンさんは、あんぐりと口を開けていましたが、

「だとしても――」

おずおずと口を開き、

「ダンジョンの中で油断は大敵です。未知の罠を、無警戒で踏み抜くなんてもってのほか――命がいくつあっても足りません」

真面目な顔で、そう注意してきます。

（た、たしかに……、初めて見る王都のダンジョンに浮かれてました）

（反省です――）

「その通りです。初めて見る場所で、ついついはしゃいじゃいました」

私は、ぺこりと頭を下げます。

「こちらこそ生意気言ってすみません」

「生意気って……。私たちはパーティーメンバーです。エリンさん、思った事があれば遠慮せずにどんどん言ってね」

「やっぱりフィアナちゃんは、良い人ですね。今までのパーティーメンバーは、役立たずが口を挟むなって、何を言っても聞いてもらえなかったのに」

それは今までのパーティーが、酷《ひど》すぎただけだと思いますが……。

「あ、それなら早速」

「はい、なんでしょう！」

「授業中に居眠りをするのは良くないと思います！」

「うへえ、善処します……」

もんにょりした顔の私を見て、微笑みを浮かべるエリンさん。

そんな事を話しながら、私たちは順調にダンジョン奥へと歩みを進めるのでした。

ダンジョンをしばらく進み、私たちは地下二階に歩みを進めます。

ちなみに第一層は、地下四階まであるそうです。第一層の最深部（地下四階）にいるボスを倒すとその階層はクリアとなり、転移陣を使って次の階層に進めるとの事でした。

（なんだか、ゲームみたいですね！）

エリンさんの説明を聞いてワクワクする私。

いったい、どんな仕組みの魔法が使われているのでしょう。

そんな事を考えていると、エリンさんが不思議そうに首を傾げました。

「今日は順調ですね。まったくモンスターに会いません」

「なるべく、モンスターの足音を避けながら進んでますからね」

「モンスターの足音を避けながら歩く!?」

私の答えに、エリンさんはポカンと口を開きます。

「そんな馬鹿な……。同じ事を探知魔法でやろうとしたら、第三冠レベルの風魔法じゃないとできないはずなのに――」

「これでも私、耳は良い方なんですよ！」

えっへん、と胸を張る私。

そんな事を話しながら進んでいると、

「ッ！　気をつけて下さい。ゴブリンです！」

前方からモンスターの集団が現れました。

（しまった！　話すのに夢中で、警戒が疎《おろそ》かになってました！）

キーキーと耳障りな声で鳴く人型モンスターであり、手には棍棒を持っています。

（初めて見るモンスターです！）

ルナミリアでは、見かけない相手です。

何をしてくるか分からず、私は警戒レベルを上げてモンスターの挙動を観察します。

じりじりと睨《にら》み合うゴブリン集団と私。そんな沈黙を破ったのは、

「行きます！」

威勢のよい声をあげたエリンさんでした。

杖を振りかぶり、エリンさんは果敢にゴブリン集団に突っ込んでいきます。

そのまま手にした大杖をフルスイング――その一振りで、ゴブリンはミンチになりました。

（えええ!?）

ギャーギャーと悲鳴をあげ、ゴブリンは続々と仲間を呼びます。しかしエリンさんが杖を振るうたびに、モンスターは物言わぬ肉塊へと姿を変えていくのです。

（これは……、殴りプリースト！）

予想もしていなかった戦い方に、私が目を瞬いていると、

「……よし。行きましょうか、フィアナちゃん」

「いやいやいやいや、待って!?」

思わず突っ込む私。

「そうですよね。魔法使いなのに、こんな泥臭い戦い方――全然役に立たないですよね。ごめんな

さい、でも私にはこれぐらいしかできなくて――」

「これぐらいって!? モンスターの集団、一瞬で殲滅《せんめつ》したのに!?」

驚く私ですが、エリンさんは杖を持ったまま恥ずかしそうに俯《うつむ》いています。

とても可愛いのですが、その顔は返り血で真っ赤に染まってホラー状態。

「私、魔法が使えません。それでも何かできる事はないかって考えてたんです」

おずおずと話し始めるエリンさん。

「魔法使いとして役に立たないなら、せめて前に出ようって。杖を使ってぶん殴るぐらいなら、私でもできますから」

「う、うん。そだね……」

杖についたゴブリンの肉塊が、ぼとりと杖から落ちました。

グロいです。

「でも、前に出ようとしても、邪魔すんなって怒られて。それでも冒険者としてできる事は、やっぱり前衛ぐらいで――ソロの期間は、ずっとこうやってたんです」

「クラスを変える事は考えなかったんですか？」

「何を言ってるんですか」

エリンさんは、諦めたような表情で、

「私がエリシュアンに入学する事を許されたのは、光属性に適性があったから――魔法使いとしての腕を見込まれたからですよ」

「あ……」

「だから変えるなんて事、許されるはずがないじゃないですか」

エリシュアンの特待生として、入学を許された理由。

それは光属性の魔法への期待。

「な〜んて、こんな恥ずかしい話。せっかくパーティーメンバーになって下さったフィアナちゃんに、話すべきじゃなかったですね。こんな事ができるようになっても意味がない……、それなら最初から騎士科に行けば良いって皆の言葉も、本当にその通りで──」

「ううん、それは違うと思います」

自嘲するように言うエリンさんに、私は言葉を重ねます。

「少しでもパーティーの力になりたくて、自分なりのやり方を練習して──それで、その強さを手に入れたんです。誇る事はあっても、恥ずかしがる事なんてありません」

「フィアナちゃん？」

私の言葉に、エリンさんはハッとした様子で顔をあげます。

「少なくとも何もしないで馬鹿にしてきた奴らより、エリンさんは偉いと思います」

「ありがとう……、ございます」

戸惑った様子で、おずおずと口を開くエリンさん。

「そんな風に言ってもらうの——初めてで」

「普通はそう思うよ。エリンさんの元パーティーメンバーは、見る目がなかったんです」

ぷんすかと怒る私を見て、エリンさんは嬉しそうに、

「私、フィアナちゃんとパーティーを組めて良かったです。本当に、ありがとうございます」

そう言いながら深々と頭を下げてきます。

良い子だなあ——とは思うけど、それは望んでいた関係とは少し違って……、

「エリンさん、その言い方は違うよ。敬語もなし——私が、エリンさんと、パーティーを組みたかったんですから」

「……うん！」

柔らかい笑みを浮かべ、エリンさんは元気よくそう頷くと、

「あの……それなら私も敬語はなしで。それと、さん付けじゃなくて、できれば呼び捨てで」

「呼び捨て、ですか!?」

グイグイ来ました。

「その……、ルナミリアでは、周りに大人しかいなくて、ついつい敬語がなじんじゃったんですよね」

「確かに、フィアナちゃん大人っぽいかも」

「そんな事ないと思うよ!?」

エリンさんの目には、何が映っているのでしょう!?

「それをいうなら、エリンさんの方がよっぽど……」

じーっ……

何かを期待するかのように、こちらを見てくるエリンさん。

「えっと……、エリン、ちゃん?」

「はい!」

呼び捨てには抵抗があり、結局、ちゃん付けする私。

幸い、エリンちゃんは、満足したように笑みを浮かべるのでした。


「えいっ!」

「えいやぁ!」

ボコッ! グシャッ!

その後もダンジョン攻略は、順調に進んでいました。

エリンちゃんが前衛としてモンスターを次々と撲殺し、主に私は素材集め、時々、魔法でエリンちゃんを支援する形です。クラス本来の役割とは正反対ですが、このパーティーとしては、この形がしっくりきます。

「そういえばエリンちゃんは、ビッグバンの魔法にこだわりがあるんですか?」

地下三階に入った頃、私はエリンちゃんに気になっていた事を聞きます。

「え、どうして？」

「だって明らかに難易度が高いのに、授業で使おうとしてたから」

ビッグバン——第五冠魔法に属する魔法です。

第五冠の魔法は、儀式魔法に片足を突っ込むとエルシャお母さんが言っていました。

正確に発動させるには大規模な魔法陣をまず描き、複数人の術者が協力して、ようやく発動できるという難易度の高い魔法らしいのです。

(まあ、エルシャお母さんは指パッチンで発動させてましたが……)

あの場で、アドリブで発動するには無理があると思うのです。

「こだわりもなにも、学園で見つかってる光魔法が、あれぐらいしかないから……」

「え!? そんな事あり得るんですか？」

エリンちゃんの答えを聞いて、私は驚きを隠せません。

「いいですか、エリンちゃん。光属性の本質は、癒やしと支援のはずです。攻撃に転用するのは、どうしようもない強敵に抗《あらが》うための最終手段。まず最初に覚えるべきは——」

ちなみに私が光魔法についてそこそこ詳しいのは、ルナミリアで元・聖女のナリアさんに教わったおかげです。

「癒やしと支援？ でも……、伝説の大聖女さまは、神聖な魔法で邪悪なモンスターを次々と浄化していったって」

腑に落ちないという顔で、エリンちゃんは首を傾げます。

「フィアナちゃんは、その話、誰から聞いたの？」

「ナリアさんっていう元・せい――」

「せい……？」

（っと、危ない！）

（ナリアさんからは、聖女が生きてるって事は内緒にしておいてって言われてました！）

「えーっと……、故郷で知り合いの光属性が使える魔法使いさんから――」

こほんと言葉を濁す私に、

「フィアナちゃんの故郷、凄い！」

疑う様子もなく、エリンちゃんは目を輝かせるのでした。


ダンジョンに潜り始めて一時間ほどが経《た》ちました。

今いるのは、ちょうど地下四階――すなわちボス部屋前の休憩スペースです。

「光魔法の本質は、癒やしと支援……。そんな事が――」

エリンちゃんが、困った顔でそう言いました。

エリンちゃんが言うには、そもそも光魔法は使い手が少なすぎて、まとまった文献は数えるほどしかないそうです。

「光の魔導書——平民差別をどうにかしたいって、シリウス先生が取り寄せてくれたんだ。そこに唯一載っていた魔法がビッグバンで……」

「なるほど」

　よりにもよって、ビッグバンか——と私は頭を抱えたくなりました。

　資料が少なすぎて、魔法の難易度すら分からなかったのでしょう。実際、初級の癒やし魔法である治癒の光《ファーストエイド》も、もっとも単純な筋力増強魔法《シャープネス》も、その資料では触れられてすらいなかったそうですから。

「エリンちゃん、もし良かったら私が教えようか？　もしかするとこれまで信じてきたものとは全然違うやり方になるかもしれないけど——」

「是非、少しでも可能性があるなら——」

　私がそう尋ねると、エリンちゃんは食い気味にそう返してきました。

　悲壮感すら感じさせる必死な表情で、

（私がナリアさんから教わっていたのは、この日のためだったのかも）

　光魔法に適性のない私が教えるなんて、まるで説得力はないけれど。

　それでもエリンちゃんの真《ま》っ直《す》ぐな視線には、どうしても応えたいと素直に思います。

「えっと、詠唱はこんな感じで——」

——万物に宿りし癒やしの力よ。

私は、ナリアさんに教わった詠唱を思い出し、口ずさみます。手掛かりがない時、詠唱はたしかにイメージの固定化に役立つのです。

「えっと、万物に宿りし癒やしの力よ」

「私の知る限り、詠唱っていうのはイメージを具現化するためのキーフレーズに過ぎません。それより大事なのは、行使したい現象を具体的にイメージする力」

「具体的にイメージ……」

むむむ、と眉をひそめるエリンちゃん。

ビッグバンという超大規模魔法に、癒やしという得体の知れない力。やっぱり光魔法は、発動難易度が群を抜いて高いと思います。

「それと——何より大事なのは信じる心。奇跡を起こすのは、いつだって人の願いです——まあ全部、受け売りなんですけどね」

ペロッと舌を出す私。

「信じる、心。それは……、難しいな」

「私は信じてますよ、エリンちゃんの事。あの魔法が、あそこまで形になってたんだもん——並外れた努力をしてきたんだと思う」

「そう……、なのかな——」

真剣な表情で悩んでいたエリンちゃんでしたが、

「そろそろ行きましょうか」

ボス部屋に突入するべく、そう腰を上げるのでした。

＊＊＊

ボス部屋は、ひと言でいうと巨大な闘技場といった風貌でした。

大理石でできた直径数十メートルはあろうかという巨大な部屋で、中央には石造りの戦闘スペースが鎮座しています。

戦闘スペースの上には、鎧《よろい》を着た騎士が佇《たたず》んでおり、まるで挑戦者を待ち受けているよう。

「あいつに勝てばクエストクリアですね！」

「うん。まさか私が、ここまで来られるなんて――」

エリンちゃんが、感極まったようにそんな事を言いました。

――和やかな空気は、そこまででした。


グギャァァッァア！

地下深くから、唐突に迫る地響き。

続いて背筋を凍らせるような咆哮《ほうこう》が、地の底から響き渡ります。

「い、いったい何が!?」

「フィアナちゃん!」

怯《おび》えたエリンちゃんが、ギュッと私に抱きついてきます。

次の瞬間でした。

「あれは――ドラゴンブレスッ!」

感じたのは、魔力の本流。

突如として眩《まばゆ》いレーザー光が地面を貫き、空を穿つように放たれていったのです。

戦闘スペースと思わしき石畳は、今やブレスで完全に消滅していました。

生み出されたのは、さらなる地下へとつながる巨大な穴。ばさり、ばさりと音を立て、そこからのそりと姿を現したのは漆黒の巨体――ドラゴン。

「そ、そんな――」

鋭い眼光を受け、エリンちゃんはぺたんと座り込んでしまいます。

ギシャァァァアアア!

こちらを威嚇するような鋭い咆哮。

――それが開戦の合図となりました。

＊＊＊

ドラゴンは巨大な翼をはためかせ、悠々と空を飛んでいました。

漆黒の鱗《うろこ》を持つ黒竜種――通称ブラックドラゴン――竜族の頂点に立つ最強の種族です。

（ず、随分と久々に見ますね）

（王都のダンジョン――恐るべしです！）

部屋の中を飛び回っていたブラックドラゴンですが、やがて私たちに気がつき、

「来ます！」

激しい咆哮とともに、こちらに飛んでくるエネルギー弾。

私はエリンちゃんを抱えて、さっとジャンプ――その攻撃を回避します。

「ご、ごめん。腰が抜けちゃって――」

「ううん、大丈夫です」

「フィアナちゃん――」

「任せて」

申し訳なさそうなエリンちゃんをそっと床に立たせ、私はドラゴンと向き合います。

ドラゴンは、人間とは比べ物にならないほど大きな生き物です。それでも私は、たしかにドラゴンと目が合ったのを感じます。

「ブラックドラゴン……、随分と久々だね」

「ほう。小さきものよ――我に挑まんとするか」

私がぽつりと呟くと、地の底から響くような声でドラゴンがそう答えました。

（ドラゴンの中でも、ブラックドラゴンだけが人語を解する知能を持つ）

（記憶通り――厄介な特徴だよね）

最後に見たのは、数年前でしょうか。

当時はアル爺や、エルシャお母さんの戦いを後ろから見守るだけでしたが、

「それじゃあ手合わせ、お願いしますか」

「ふん、人間ごときが我に挑んだ事を後悔させてやろう」

渦巻く魔力の奔流が、ドラゴンの口元に集まっていきます。

またしてもドラゴンブレスの予兆。

（ようやく訪れたリベンジの機会です）

（せっかくですし〝例のアレ〟、解析してみたいですね）

私は、エリンちゃんを庇《かば》うように立ち、

「えいっ！」

両手にシールド魔法を張り、ブレスを真正面から受けてみる事にしました。

数年前なら、試そうとも思わなかった危険な行為。下手すると黒焦げになってしまう危険もあり

ますが、今を逃しては次がいつになるか分かりません。

そんな興味に衝《つ》き動かされた私でしたが、

「あっつ!?」

ジュワッと腕を焼かれ、思わず顔をしかめます。

痛みの中、どうにか意識を集中してシールド魔法を展開。それでも勢いは殺しきれずに、私はそのまま壁に叩きつけられました。

「フィアナちゃん!?」

「あたたた――ちょっと油断しました」

エリンちゃんの悲鳴のような声。

(いたたた――でもドラゴンブレス、ラーニング完了です!)

(いずれじっくり使い方を考えるとして。今は、ここをどうにか乗り切らないとですね)

片腕が焼け焦げ、ぶらりと力なく垂れ下がるのみ。

ちょっと高級なポーションを飲まないと、そう簡単には治らなそうです。

(むう……、困りましたね)

(ドラゴン相手に、魔法の撃ち合いは不利。いつもなら接近戦で、一気に仕留めにいくところなのですが――)

「ほう、今のを耐えるか。だが、その腕ではもう何もできまい」

「どうでしょうね？　これでも私、健康な身体に生まれましたからね！」

腕は焼け焦げ、全身のダメージも馬鹿にできない危険な状態。しかし私を包んでいたのは、不思議な高揚感でした。

久々に強敵を相手にした興奮――自然と私は、笑みを浮かべていました。

模擬戦でも味わう事ができない命を賭した真剣勝負。こんな感情は、声を大にして言えた事じゃないけれど――、

（楽しいんですよね、こういう戦いが！）

（生を実感できて……！）

私は、手をまっすぐにかざして、

「氷霊よ――穿て！　氷柱《アイスニードル》！」

氷でできた巨大なツララを、ドラゴンに向かって射出します。

その本数は、全部で六本――そのいずれもが、眼《め》などの急所を狙っています。

「小賢《こざか》しい！」

とはいえ敵もさるもの。巨大な翼を一振りする風圧だけで、あっという間に氷の柱を撃ち落としてきました。

――ですが、そこまで狙いどおり。

「かかりましたね、ここは私の間合いです！」

一瞬の隙をついて、私はドラゴンに急接近。

地を蹴り飛び上がり、そのまま魔力を込めた蹴りを食らわせます。

（さすがに硬いですね！）

少し前に倒したグリーンドラゴンであれば、その蹴り一撃で決着が付いていたでしょう。

しかし今戦っている相手は、竜の王――ブラックドラゴン。全力で蹴りを入れても少しよろめいただけで、すぐに体勢を立て直されてしまいます。

（うう……、決め手に欠けますね）

（腕が無事だったら――もどかしいです！）

「ええい、ちょこまかと小賢しい！」

ブラックドラゴンの大ぶりな攻撃は、もう私に当たる事はありません。

しかしこちらの攻撃も、なかなか相手にダメージを与えられず――そうして訪れたのは、互いに決め手に欠く膠着《こうちゃく》状態でした。

そして膠着状態を嫌う程度に、人語を解するブラックドラゴンは狡猾《こうかつ》でした。

「いいのかな、お友達を守らなくて」

その言葉は、完全に私の意識の外側から繰り出された精神攻撃でした。

ブラックドラゴンの瞳には、エリンちゃんが映っており――、

「気づいたか、ほれ。きちんと守らんと死ぬぞ！」

ブラックドラゴンは、ブレスを放つ仕草を見せ付けてきました。

（エリンちゃんに手出しはさせません！）

気がつけば、身体が動いていました。

庇うようにブレスの射線に出た私を見て、

「馬鹿め、かかりおったな！」

ブラックドラゴンは、勝ち誇ったような顔で咆哮をあげ、特大ブレスを打ち込んできました。

「――しまっ、シールド！」

即席で結界を起動し、どうにか身を守ろうとする私。

（あ……、これ、まずいかも――）

マナを、そこまで注げなかったせいでしょうか。

ブレスの勢いを殺しきる事もできず、

「ふぎゃっ」

私は、勢いよく壁に叩きつけられてしまいます。

幸い怪我《けが》自体は大した事がありませんでしたが……、

（これは本格的にまずいですね）

これまで私は、戦うときは基本的に一人で戦っていました。

このように誰かを守りながら戦うという経験は皆無――だから、こういった搦め手には全然対応できなくて。

一対一なら、まだやりようはあります。

「エリンちゃん、隙を見て逃げ――」

「何より大事なのは、信じる心。奇跡を起こすのは、人の願い」

エリンちゃんに先に逃げてもらおうと口を開いたとき、ようやく私は異変に気が付きます。

杖を握りしめたエリンちゃんから、濃厚な光のマナが溢れ出しているのです。

そのあまりの濃度は、エリンちゃんだけでなく、ボス部屋全体が薄ら真っ白な光に照らされて見えるほどで――

「フィアナちゃんは、こんなところで死んでいい子じゃないんだから！」

そう叫ぶエリンちゃん。

――次の瞬間、起きたのは紛《まが》う事なき奇跡と呼べる現象でした。


幻想的な光が私を包み込み、瞬く間に怪我を癒やしていきます。

しばらくは使い物にならないだろうと思っていた腕も、すっかり元通りになっていました。

残った光のマナは、そのまま盾を形作り、私の周囲をくるくると浮遊し始めました。

「そんな、こけおどし――我がブレスで粉砕してくれよう！」

戦況が変わった事を察したのでしょうか。

ブラックドラゴンは、再びブレスを吐き出しましたが、

「させない！」

エリンちゃんは、素早く盾を横にスライド。

白銀に輝く盾は、歪《ゆが》み一つなく最強のドラゴンのブレスを受けきりました。

「エリンちゃん！　すごいです、回復と支援魔法——使いこなしてます！」

「そんな事より——フィアナちゃん、大丈夫？」

「はい、ピンピンしてます！　エリンちゃんの魔法のおかげです！」

「良かった〜！」

グッとVサインする私に、エリンちゃんは泣き笑いで飛びついてくるのでした。

（心配かけちゃったな）

（もっと、もっと強くならないと——）

ちょっとした油断に、明らかな不意打ちに——今日の私は駄目駄目です。

エリンちゃんに愛想を尽かされないために、少しぐらいは良いところを見せないといけませんね。

「あとは任せて」

「フィアナちゃん？」

「一発で終わらせます」

身体中に力が漲《みなぎ》ります。

それは支援魔法の効果でもあり、それ以上に……、

（ああ、これがパーティーを組むって事なんですね）

やっぱり王都に来てよかったです。

（技を借ります――アル爺）

私は、体内でマナを練り上げます。

身体強化魔法――内的魔法とも呼ばれるその技術は、通常、体内のマナだけを使うものですが、

（集中、集中！）

私はそれに加えて、大気中のマナも体内に取り込みます。

大気中のマナも身体強化に転用する事で、通常ではあり得ないレベルの莫大《ばくだい》なマナを身体に取り込み、圧倒的な身体能力を得るという力業――ルナミリアでも使い手は、私とアル爺しか存在しない大技です。

「ここからはずっと私の番です――闘華乱舞！」

イメージするのは、最強の自分です。

一歩間違えれば身体が爆発する危険な試みですが、健康な肉体の暴力で、何度も死にそうになりながらどうにか習得に成功したのです。

「そんなものは、こけおどしだ！　まさか、まだ我に勝てるとでも――」

「遺言は、それでいいですね」

私は、魔法で剣を生み出します。

地面を強く蹴り、一瞬でドラゴンに肉薄した私は剣を一閃《いっせん》。

「――ハア？」

そんな間抜けな声――それがドラゴンの発した最期の言葉になりました。

次の瞬間、ドラゴンは頭から尻尾にかけて、真っ二つになっていたのですから。

「――エリンちゃんのバフ、凄いですね」

ドラゴンが吐き出した魔石を拾いながら、そう私は呟きました。

生半可な刃物では、傷一つ付かないはずのブラックドラゴンの鱗――それをバターのように切り裂いてしまうのですから。


ボス部屋を出た私たちは、そのまま転移陣で入り口に戻ってきました。

さすがにドラゴンとの死闘を経て、私もエリンちゃんもへとへとに疲れていたからです。

私が、心地よい疲労に身を委ねていると、

「フィアナちゃん、最後のアレは何!?」

エリンちゃんが目を輝かせて、そんな事を聞いてきました。

「何って、普通に身体強化魔法をかけて斬っただけですよ」

「普通に――斬った!?」

「むしろ驚くべきは、エリンちゃんが使ったわけの分からない魔法です！　見た事も聞いた事もありません――なんですか、アレ?」

「えへへ――奇跡、ですかね?」

エリンちゃんも満更でもないのか、にこにこと笑いました。

パーティーを組む前の、こそこそ周囲の様子を窺《うかが》っていた内気な姿とは別人のようで――良い傾向だと思います。

「あ、そうだ。はい、エリンちゃん」

私は、ブラックドラゴンの魔石をエリンちゃんに手渡します。

「本当にいいの?」

「もちろん。エリンちゃんのクエストを手伝うために来たんですし、エリンちゃんが居なかったらあいつは倒せませんでしたからね！」

「本当に何から何まで。――この恩は必ず」

やけに熱っぽい視線で、エリンちゃんは私を見てきます。

「恩なんて大袈裟《おおげさ》です。またパーティー組みましょうね」

「うん！」

私の誘いに、エリンちゃんも嬉しそうに頷き、

（やった！　パーティーメンバーゲットです！）

（このままクエストを一緒に受けて、何日も一緒にお泊りする遠征にも行って、ついでに死線もくぐり抜けて――いつかは友達になってみせます！）

私も内心で、ガッツポーズを決めるのでした。

＊＊＊

その後、冒険者ギルドで、私たちはクエストの達成を報告します。

「クエストクリアおめでとう、エリンちゃん！」

パチパチと手を叩いて、受付嬢はエリンちゃんを祝います。

「えへへ、ありがとうございます」

「どう？　光魔法のきっかけ、何か摑めた？」

「はい、バッチリです！」

「へえ。あなたが、そこまで自信満々ってのも珍しいわね」

エリンちゃんは、胸に手を当てながら、

「はい。私、自分を卑下するのは止《や》めたんです。私よりもずっと凄い人が、私の事を凄いって――そう言ってくれましたから」

「……？」

こちらを見ながら恥ずかしそうに微笑むエリンちゃん。

ちょっぴり照れるエリンちゃんも可愛くて、まさしく天使――目の保養というものです。

「それで魔石は？」

「これです！」

「……なにこれっ!?」

エリンちゃんが取り出した魔石を見て、受付嬢はギョッと目を見開きます。

「何って？」

「ボスの魔石ですよ？」

きょとんと首を傾げ合う私とエリンちゃん。

「――そういう事にしておくわ」

受付嬢は、そうため息をつくのでした。

（そういう事も何も、ただの事実なんですけどね――）

私は、受付嬢の反応を不思議に思いつつ、エリシュアンの宿舎に戻るのでした。


【冒険者ギルド視点】

魔石――それはクエスト達成の証《あかし》。

エリンから渡されたそれを眺めながら、

「いやいやいやいや……、これ、どう見てもS級以上のモンスターじゃん」

受付嬢――アリッサは、恐れおののいていた。

魔石のサイズから推定すると、間違いなくS級――数年に一度現れ、破壊を撒《ま》き散らす災厄級モンスターと考えるのが自然。

「これを新人二人が取ってきた？」

「いや、ありえねえだろ。どっかで買ってきたんじゃねえか？」

「しかも片方は魔法すら使えない落ちこぼれだっていうんだろう？　S級モンスターなんて、ここにいる冒険者が束になってかかっても秒殺されちまう」

テーブルの上に置かれた魔石を見ながら、何人かの冒険者が囁きあっていた。

「あぁん？　てめぇ、姉御がズルしたっていうのか！」

「そうだそうだ、姉御ならS級モンスターごときワンパンするに決まってる！」

「どうどう、モヒカンたち。話がややこしくなるから黙っててね」

「けっ、俺が従うのは姉御だけだ」

「フィアナちゃんに言いつけますよ？」

「すいませんでしたぁ!!」

フィアナが聞いていたら「何で!?」と涙目になるような会話をしつつ、

「資格欲しさに、闇市で買ってきた？　それはあり得ないのよ」

「何でそう言い切れる？」

「だって、このサイズの魔石。入手しようとしたら間違いなく時価――いくらするか分かったものじゃない。到底、割に合わないわ」

受付嬢のアリッサは、集まった冒険者たちにそう説明していく。

魔石を買うぐらいなら、教官に賄賂でも渡した方が手っ取り早い。そもそも二人は、地方出身の平民だったはず――金に物を言わせた解決策を取ったとは考えづらいのだ。

「そう考えると、学園ダンジョンに本当にS級モンスターが現れた。そしてあの二人は、それを倒してきた――そう考えた方が自然なのよ」

「そんな馬鹿な……」

「私も、にわかには信じがたいけど――」

仮にそうだとしても、今度は別の疑問が出てくるのだ。

あの二人は帰ってきた後、ケロッとした顔で「ボスを倒した」とだけ報告してきたのだ。

冒険者ギルドは、クエストの難易度を適正に設定して提示する義務を負う。

初心者用ダンジョンに、S級相応のモンスターが居た……、それは高確率で死亡事故に繋《つな》がる事態であり、報告があれば、ギルドは多額の補償金を支払う必要があった。

普通なら絶対に報告した方が得な場面なのだ。にもかかわらず二人は笑顔のまま、想定外のモンスターの事を話題に挙げすらしなかったのだ。

そこから導かれる結論は、

「エリンちゃんたちは、人知れずイレギュラーを処理してくれた？　何のために？」

「ヒャッハー！　真の強者は、功績を誇ったりしないって事ッスね！」

「ヒュー！　やっぱり姉御は、漢の中の漢だ！」

喝采するモヒカン三人衆。

一方、受付嬢は顔に手をあててじっと考え込み、

「弱みを握って損はないって事？　次はないって脅し？　いいえ、あの子は圧倒的な実力を持ちながら、伸び悩んでいたエリンちゃんの事も優しく導くお人好《ひとよ》し。そんな腹芸を好むような子でもない……、か」

考えれば考えるほど、ドツボにはまっていく。

——まさかフィアナたちが「標準的なボス」を知らず、そもそも異変に気がついてすらいないとは、想像もしないアリッサであった。

「フィアナちゃんたちの〝善意〟を無駄にしないため——急いで学園ダンジョンの管理体制を見直しましょう。まずはシリウス教頭に報告して、定期的な見回りのスケジュールも見直して——ああ、

死傷者が出る前で本当に良かったわ！」

これから忙しくなるぞ、とアリッサは腕まくり。

一方、アリッサからの報告を受け取ったエリシュアン学園の職員室でも、

「はぁ!? フィアナとエリンが、S級モンスターを蹴散らした!?」

「一躍、有名冒険者の仲間入りを果たした!?」

「ま～た、あいつか……!!」

などと大騒ぎになっていたが……、

「初心者ダンジョン相手に手こずるなんて、私もまだまだですね。エリンちゃん、これから頑張りましょうね！」

「お～！」

当の二人は、呑気《のんき》にそんなやり取りをしていたとかいなかったとか。

幕間◆エリン視点

Aroha presents
Illustration by Koin

私――エリンは、この学園には相応《ふさわ》しくない。

ずっと、そう思っていました。

「まるでマナーがなっていないな」

「お前みたいな役立たずに、エリシュアンは相応しくない」

「どけよ、下賤《げせん》な平民が！」

投げられた侮蔑の言葉は数知れず。

周りに居たのは、きらびやかな衣装が似合うお貴族さまばかり――私にできたのは、ぐっと唇を嚙《か》んで心無い言葉に耐える事だけでした。

私がエリシュアンへの入学を許されたのは、魔力鑑定の儀で光属性への適性が認められたからです。せめて使えるようになれば、少しは学園で居場所ができるはず。

そう思って必死で練習してきた私ですが、魔法が発動する兆しすら見えず……、

「このまま変化がなければ、特待生扱いを打ち切る事になる。すまないね――君だけを特別扱いする事もできなくてな」

突きつけられたのは最後通告。

今年度中に、光属性のマナを扱えなければ、特待生の地位は剝奪。貧乏な私の家は、とても学費なんて払えません。

結局、私は学園を去る事になりますが……、

「仕方ないよね――」

光属性の魔法は、歴代の聖女さまと同じ英雄の力。

そんな奇跡のような代物が、私に宿るはずがなかったのです。


ある日、編入生が入ってきました。

嫌味な試験官をぶっ飛ばし、自己紹介の場では変な事を言う面白い子。

見ていれば分かりました――その才能は、まさしく宝石そのもの。この子のような人が、いずれは国を背負う英雄になっていくんだと思います。

平民でありながら、圧倒的な力で運命を切り開いていく姿は、まさしく私にとって理想そのものでした――住む世界が違っていたのです。

しかし、その子は何を思ったのか私を冒険者としてパーティーに誘ってきたのです。

私の役立たずぶりは、もう学園中に広がっています。今では、誰もパーティーを組んでくれようとしませんでした。

なんで自分なんかとパーティーを組みたいのかは分かりません。それでも私は、藁《わら》にもすがる気

持ちでうなずきます。

フィアナちゃんは、不思議な子でした。

破れかぶれで、ソロでどうにかしようと身に付けた杖術《じょうじゅつ》――誰もが馬鹿にした明後日《あさって》の方向への努力を見て、笑うどころか凄《すご》いと目を輝かせていたのです。

というよりフィアナちゃん本人も、マジシャンに圧倒的な適性がありながら、前衛でバシバシと敵を叩《たた》き斬る不思議な子で（「健康な身体《からだ》を活《い》かすにはこれです！」とか、よく分からない事を言ってました……）

「光属性の本質は、支援と癒やし」

「発動には、想像力と――信じてあげる心が大事」

いつの日にか、完全に無くしてしまった自信。

無邪気に奇跡を信じる心――その言葉は、とても胸に刺さるものがありました。


そうしてボス戦が始まりました。

ダンジョンの『ボス』は、これまで相手にしてきたモンスターとは別格の強さでした。睨《にら》まれただけで、私は恐怖にかられて動けなくなってしまうほど。

それでもフィアナちゃんは、真《ま》っ直《す》ぐに立ち向かいました。

（――英雄）

圧倒的な敵を前に、決して振り返らず、それどころか見るものを勇気づけるように、どこか楽しそうに戦う姿——おとぎ話の言葉を借りるなら、それは勇者そのものでした。

フィアナちゃんは、将来、間違いなく英雄になる人です。

そんなフィアナちゃんが、私なんかを庇《かば》って死ぬ？

「冗談じゃない」

私なんかを、信じてると言ってくれたのです。

もし奇跡というものが本当にあるなら、今だけは応えてほしい。

「お願い——力を貸して！」

イメージしたのは、かつて聖女が使ったという奇跡。

——それと〝私の英雄〟が使った盾の魔法。

「これが——光魔法!?」

無我夢中で、それからの事はよく覚えていません。

気がつけばドラゴンは一刀両断されていて、何食わぬ顔でフィアナちゃんが魔石を手にしていました。やっぱり、フィアナちゃんは凄いです。

「フィアナちゃん——良かった～！」

初めて魔法が発動した喜びよりも、フィアナちゃんが無事だった事実が嬉《うれ》しくて。

おまけにフィアナちゃんは、今後もパーティーを組もうとも言ってくれて——

もしフィアナちゃんの隣で、その活躍をずっと見守っていられるなら、それはきっと素晴らしい事で……、

（フィアナちゃんは、きっと英雄になる人です）

（でも、すごく危なっかしい子）

同時に覚えたのは一抹の不安。

なにせフィアナちゃんは、おっちょこちょいで、他人のために命すら危険にさらすお人好《ひとよ》し。

どこか見知らぬ土地で、お腹《なか》が空《す》いて行き倒れてそうな危うさもあるのです。

——私が、傍《そば》で見守ってないと。

ひそかにそんな決意を固める私なのでした。

三章 ❤ もう一人のお友だち！

Atoha presents
Illustration by Koin

エリンちゃんとパーティーを組んで数日後。

「エリンちゃん、お昼一緒に行きましょう！」

「はい！」

私の呼びかけに、天使――ことエリンちゃんが、パタパタ駆け寄ってきました。

（祝・ぼっち脱却！）

これが新たな日常です！

私――フィアナは、歓喜に打ち震えていました。

クラスメイトに声をかけるだけで「ヒィィィィ、魔王!?」と恐れられていた私は、もう居ないのです。

今の私は、エリンちゃんとおかずの交換だってできちゃうんです。これなら、次のお友達ができるのも秒読みと言っても過言では……、

「さすがフィアナちゃん！　凄《すご》い、歩くだけで人が捌《は》けてく！」

「あ〜、言わないで!?　せっかく考えないようにしてたのに……」

現実は無情。

どうやら冒険者ギルドでやらかした事まで、学園内で噂《うわさ》が広まっているようでした。

いわく因縁を付けてきた冒険者をボコったとか、初見でイレギュラーなモンスターをぶちのめして帰ってきたとか。

(絶対、モヒカン三人衆――タロウさんたちのせいじゃないですか！)

何を言っても聞く耳を持たず、今日もある事ない事武勇伝を語っている様子。

最近の私は、諦めて放任中です。

それぞれ食事を受け取り、私とエリンちゃんはテーブルに着きます。

「エリンちゃん、最近魔法の調子はどうですか？」

「はい、バッチリです。よく制御できてるって、マティ先生も褒めてくれて！」

「それは良かったです！」

嬉《うれ》しそうに口元をほころばせるエリンちゃん。

私が、幸せな気持ちでパクパク料理を口に運んでいると、

「フィアナちゃん、お肉ばっかり食べたら駄目だよ。ちゃんと野菜も食べないと！」

「う……、それは明日から――駄目？」

「駄目、昨日もそう言ってたよね」

エリンちゃんが、じとーっとこちらを見てきました。

そのまま山盛りのサラダを、私のテーブルに運んでくると、

「魔力の才は、健康な身体《からだ》に宿る。です！」

「ぶ～、野菜なんか食べなくても十分に健康ですもん、私」

「駄目。こんなに綺麗《きれい》な肌なのに、そんな事してたら、すぐ荒れちゃう」

そんなエリンちゃんは、なぜかルナミリアのエルシャお母さんを彷彿《ほうふつ》とさせ……、

（エリンちゃん、最近よく笑うようになりましたね）

（良い事です！）

自信を取り戻して明るくなったエリンちゃん。

そんな彼女には、ちょっぴりお節介な一面もあるようです。

私はパクリとサラダを口に運び……、

「あれ？　美味《おい》しい！」

「えへへ、奇跡。込めたから」

「奇跡の無駄遣いすぎますね!?」

私の言葉に、エリンちゃんはぺろりと舌を出すのでした。

そんな二人を、遠目で観察している少女が数人。

「ぐむむむむ～。ワタクシの誘いは、全部断った癖に～！」

悔しそうに歯ぎしりをする美しい金髪の少女――セシリア。

ここ数日、フィアナを派閥に引き入れようと画策し、見事に断られているのでした。

「セシリアさま、まだ続けるんですか？」

「セシリアさま。周りの、周りの視線が、視線が痛いです――」

「諦めてはいけませんわ！　なにせフィアナさんは、我がセシリア派が飛躍するのに欠かせない人材ですもの！」

自信満々にそう宣言するセシリア。

「……ですが、このままだと埒《らち》が明かないのも事実ですわね」

セシリアは、そう呟《つぶや》き、

「そうですわ！」

ピコーンと跳ねるアホ毛が一つ。

セシリアは、いい事を思いついたといった様子で、つかつかとフィアナたちが座るテーブルに向けて歩き出すのでした。

＊＊＊

私とエリンちゃんは、のんびり雑談に話を咲かせていました。

もっぱら話題は、授業や冒険者活動の事でしたが……、

(今こそ、次の段階に進むとき)

(放課後の街に、遊びに行っちゃいます!)

友達ができたらやりたい事リスト——密《ひそ》かに胸に仕舞われていたものです。

こうしてお昼を一緒に食べて、次にやりたい事は「友達と放課後の街に行って食べ歩き」という最高のプチ贅沢《ぜいたく》なのです。

「エリンちゃん、今日の放課後は街に遊びに行きませんか?」

「はい、是非とも是非とも喜んで!」

食い気味に返してくるエリンちゃん。


「ちょっと待った、ですわ〜!」

そこに聞き慣れた声が割り込んできました。

「あ、セシリアさん! 派閥には入りませんよ、何の用ですか?」

「あなた、だんだんワタクシの扱いがおざなりになってきていませんこと?」

むむぅと頬を膨らませるセシリアさん。

クラスメイトの半数は、未《いま》だに私を遠巻きに見ているのが実情です。そんな中、セシリアさんのように、毎日のように声をかけてくれる存在は貴重なのです。

(あとセシリアさん、不思議と貴族特有の話しづらさがないんですよね)

中には私たちが平民というだけで、露骨に見下した態度を取ってくる貴族も大勢います。

特にエリンちゃんに対しては、その傾向は顕著で――、

「ならエリンさん！」

「私も派閥とか、フィアナちゃんと一緒にいる時間が減りそうなのはちょっと――」

「あなたはそういう人でしたわね」

ニコニコ笑いながら、バッサリと切るエリンちゃん。

人によっては失礼だと怒る人もいるでしょう。それでもセシリアさんは特に目くじらを立てる事もなく、首を横に振りながら苦笑するのみ。

（変わらないと言えば、エリンちゃんも変わらないなあ――）

クラスでの評価が一番変わったのは、エリンちゃんだったりします。

伝説の聖女が使ったとされる癒やしの魔法に、ブラックドラゴンのブレスすら遮断する支援魔法――その腕は、疑いようがなく。実技の時間でも、見事な支援魔法の腕前を披露したエリンちゃんに、クラスメイトたちは見事に手のひらを返したわけですが……、

（エリンちゃん、あんまり興味なさそうだったんだよね）

冒険者ギルドでも、パーティーへの勧誘はひっきりなし。その全てをばっさり断り、私とパーティーを組み続けてくれているエリンちゃんなのです。

（エリンちゃん、やっぱり天使！）

そんな二人のやり取りをのんびりと見守っていると、

「フィアナさん、勝負ですわ！」

ピンと指を伸ばして、セシリアさんはそんな事を言ってきました。

「フィアナさん、ワタクシが勝ったら、あなたにはワタクシの派閥に入っていただきますわ！」

「え、普通に嫌ですが……」

「そこは乗って下さらないと困りますわ！」

「理不尽だ!?」

私は、う～んと首を傾《かし》げながら、

「分かりました、一回だけ模擬戦やりましょうか！」

セシリアさんの魔法は、クラスメイトの中でも特に洗練されていました。

(模擬戦の相手として不足なし！)

そう早合点した私に、

「いえ、勝負は模擬戦ではなく――」

「…………へ？」

セシリアさんが切り出したのは、思いもよらない勝負法なのでした。

＊＊＊

そうして、あっという間に放課後になりました。

「良くぞ逃げずに来ましたわね！　ワタクシ、この時を楽しみにしてましたわ！」

「えっと、私も楽しみにしてます……」

私たちは、王都レガリアのシンボルである時計塔に集まっていました。この場にいるのは、私とエリンちゃん――それとなぜかセシリアさんたち御一行。

どうしてこのメンバーで時計塔に来る事になったかというと、それはセシリアさんが言い出した勝負の内容が原因だったりします。


「いえ、勝負は模擬戦ではなく――大食いで勝負ですわ！」

「えぇ!?　正気ですか!?」

(私としては大歓迎だけど、貴族のお嬢さまがそれでいいの!?)

セシリア派の少女たちを覗《のぞ》き見ると、

「大食いでセシリアさまの右に出るものなし。流石《さすが》はセシリアさまですわ！」

「平民相手でも、得意分野で確実に勝利を決めに行く――それでこそセシリアさまですわ！」

二人とも目をキラキラさせており、なんの疑問も抱いていない様子。

(私が、おかしいの!?)

（ねえ、これって私がおかしいんですかね⁉）

プチパニックに陥る私をよそに、

「放課後は、エリンさんとお出かけなさるんですわよね？　そのついでで構いませんわ！　さあ、フィアナさん。受けますの？　受けませんの？」

「えーっと……、受けます！」

「よっしゃ、言質は取りましたわ〜！」

――なんて、やり取りがあり。

今に至るという訳です。


急遽《きゅうきょ》、開かれる事になった大食い大会。

私たちは、エリンちゃんからオススメの店を聞きます。

「そうですね――このお店なんかいいかも」

エリンちゃんに案内されたのは、大通りから外れた裏通りにある小さなお店です。

聞くところによれば、コンセプトはこってりたっぷりてんこ盛り――格安の値段で、お腹《なか》いっぱい食べられるをコンセプトにしている個人レストランでした。

気のいい女将《おかみ》が切り盛りしており、新人冒険者や貧乏学生に特に人気だそうで……、

「お貴族さまを案内するような場所ではないかも知れませんが……」

お店の中は冒険者で溢《あふ》れており、なかなか騒がしい場所でした。

「郷に入っては郷に従え、ですわ！　それにワタクシ、こういう場所が落ち着きますの！」

「さすがの気合いです、セシリアさま！」

「ふ、ふ～ん。良いお店ですわね」

すっかり馴染《なじ》んでいる庶民系お嬢さま、こと、セシリアさん。

「あら、エリンじゃない。久しぶり、元気にしてたかい？」

「はい、お陰さまで。無事、光魔法が使えるようになりました。ここにいるフィアナちゃんのおかげです」

「ありがとねえ、エリンは随分と伸び悩んでたから――あたしからもお礼を言わせておくれ。本当にありがとうねえ」

「いいえ、もともとは全部エリンちゃんが持ってた力ですよ」

どうやらエリンちゃんと女将さんは、随分と仲がいい様子。そんな事を言われて、私はぺこりと頭を下げます。

「それにしても――エリシュアンの魔王なんて呼ばれてるから、いったいどんな子なのかと思えばこんな可愛《かわい》らしい子なんだねえ」

「ここでもそんな噂が!?」

噂が出回るのが早すぎます!?

これが王都……、恐ろしい場所！

「いいえ、フィアナちゃんは魔王じゃなくて勇者です」

「エリンちゃんも、真面目な顔してボケないで――」

私たちが女将とそんなやり取りをしている間も、セシリアさんは真剣な顔つきでメニュー表をじーっと眺めています。

「やっぱり鉄板通り、まずは前菜から行くべきか。それともメインから入って飛ばすか――悩ましいですわね」

（こっちはこっちで、凄い真剣な顔で作戦を練ってらっしゃる!?）

そんなこんなで勝負開始です。

「フィアナさん、それでは勝負開始ですわ！」

「はい。食べたお料理のお皿の数で勝負――本当に、やるんですか？」

「もちろんですわ！」

手を勢いよく突き上げるセシリアさん。

（どうしてこうなったのかは分かりませんが、勝負となれば本気でいきますよ！）

「ここから、ここまで――全部下さい！」

ルナミリアでは、ドラゴン丸々一匹食べてもピンピンしていた私です。

目指すはメニューの全制覇――私が、嬉々《きき》として注文すると、

「!? やりますわね、ならワタクシもここからここまで全部いただきますわ！」

対抗するように、料理を注文するセシリアさん。

（エリンちゃんのオススメのお店、楽しみです！）

「お、そういう感じね。よろしい、かかっておいで！」

一方、不敵な笑みを浮かべるのは女将さん。

ちょっぴり緊張した様子のセシリアさんと、ワクワクと料理を待つ私――そうして大食い競争が始まるのでした。


「も、もう食べられませんわ～!?」

数十分後。

私の目の前で、セシリアさんが机に突っ伏していました。

セシリアさんは、三人分ほどの定食を平らげたあたりで、もう限界――と天を仰いでいました。

私たちの机の上には、大量の皿がうずたかく積み上げられています。

隣に座るエリンちゃんは、今も大盛りの唐揚げ定食をお代わりしており、フードファイターとしての可能性を感じさせてくれました。

「ここからここまで、お代わりです！」

「まだ食べますの!? な、ならワタクシも――」

「あの、セシリアさま。あまりご無理をなさらない方が……」

「で、ですが！　このチャンスを逃したら、フィアナさんを勧誘するチャンスは――」

ひそひそと囁《ささや》きを交わすセシリアさま御一行。

未練がましくスパイシーチキン（頼んだ定食）を見ていましたが、

「ま、参りましたわ！」

やがては白旗。

（ふふん、大食いで私に勝とうなんて一〇〇年早い！）

（それにしても、ここの定食は本当に美味しいですね。いくらでも食べられます！）

私は上機嫌に、追加のデザートを頼むのでした。


「ふ～、美味しかったです。満足です！」

メニュー一式を平らげ、私はポンとお腹を叩《たた》きます。

「清々《すがすが》しい食べっぷりでしたわね」

「腹八分目って感じです！」

「大食いで挑んだのが失敗というのが、良く分かりましたわ。エリンさんまで、凄い食べっぷりでしたわね――」

テーブルの上に、山積みにされたお皿たち。

その大多数は、私とエリンちゃんが平らげたものだったりします。

「食べられるときに、たくさん食べる。それが冒険者の仕事ですからね」

「そう、これは冒険者の仕事なんです！」

楽しそうに笑い合う私たち。

「まさか大食いで、セシリアさまを破る者が現れるなんて――」

「さすがは魔王――恐るべし！」

「きっとこの調子で、敵対関係にある人間の事もペロッと平らげてしまうに決まってますわ！（ブルブル）」

「食べませんよ!?」

そしてセシリア派を名乗る少女たちは、私の事を何だと思っているのでしょう。

「それにしても、美味しいお店でしたわ。エリンさんは、ここに通って長いんですの？」

「そうですね。元々は、行き倒れたときに食べさせてもらったのがきっかけで――」

「『行き倒れてた!?』」

ギョッとして聞き返す私たち。

エリンちゃんは、少し恥ずかしそうに、

「上京したてのときに、生活費を杖《つえ》につぎ込んでしまって。それで冒険者として稼げれば良かったのですが、現実は知っての通りで――一時期は、本当に食費すらなく……」

「もう。そんなに酷《ひど》い状態なら、ワタクシを頼って下されば良かったのに――」

当たり前のように、そう言うセシリアさん。

「どういう意味？」

「少しぐらいなら援助できるって話ですわ」

「……派閥に入るのを断ったのに？」

「そんな事は関係ありませんわ。ワタクシたち、クラスメイトじゃありませんの」

――困ったときに助け合うのは当然ですわ。

セシリアさんは、何を当たり前の事をとでも言いたげな様子。

「というかエリンちゃんも、セシリアさんの誘いを断ってたんですね？」

「はい。派閥って、なんだか怖いですし――」

「分かります、なんか怖いですよね！」

「何でですの!?」

意気投合する平民二人。

「ワタクシの派閥に入って下さった暁には、ローズウッドの名において皆さまの将来を、保証いたしますわ！」

「セシリアさま。たぶん、その言い回しが怪しいんじゃないかと――」

「じゃあ、どうしろって言いますの!?」

ギャーギャー言い合うセシリアさん御一行。

その様子を見ているだけで、セシリアさんが慕われているというのが分かり、

(良い人だなあ、セシリアさん)

ニコニコしているエリンちゃんも、セシリアさんには随分と気を許している様子。

セシリアさんとも、お友達になりたい——素直にそう思います。とはいえ派閥に入る気のない私では、難しいかもしれませんが……、

「セシリアさん。この後、予定がなければ、私たちと一緒に——」

「こうなったら作戦会議ですわ！」

言いかけた私の言葉は、残念な事にセシリアさんの耳に入る事はなく。

セシリアさんは、ガバッと立ち上がり、

「今日は負けてしまいましたが、ワタクシはまだ諦めませんわ！　必ずやフィアナさんを迎え入れてみせますわ！」

「待って下さいまし、セシリアさま〜！」

(あ、嵐のような人でした——)

そんな捨て台詞《ぜりふ》とともに、セシリアさんたちはピューッと学園に帰っていくのでした。

＊＊＊

それからというもの……、

「フィアナさん、今日は激辛タンメンの早食いで勝負ですわ！」

「ふっふっふ、返り討ちです！」

パクパク、パクパク。

「刺激的でとっても美味しいです！」

「か・ら・す・ぎ・ま・す・わ～!?」

うっとり微笑《ほほえ》む私と、火を吐きながら泣きそうなセシリアさん。

「ばたんきゅ～……」

「「あ～、セシリアさま！　気を確かに――――！」」

またある日は、

「今日は、マナーで勝負ですわ！」

「ま、まなー?……新手の食べ物ですか？」

頭にハテナを浮かべる私を見て、

「相手の弱点を突くような勝利、ローズウッド家の長女として許せませんわ！　あなたの得意分野で必ずやギャフンと言わせてみせますわ！」

「「待って下さいまし、セシリアさま〜！」」

一方的に話して走り去っていくセシリアさん。

（セシリアさんたち、愉快な人だなあ――）

私はそんなセシリアさんの様子を、ほのぼのと見守るのでした。


そんなある日の事。

「フィアナさん、今日はお掃除で勝負ですわ！」

「なんで!?」

仕掛けられたのは、一段と意味不明な勝負ごと。

掃除――貴族という言葉とは対極に位置するもののように思えます。

「生活の基盤は、整った生活環境にあり！　すなわち掃除は人生において一番大事なのですわ！」

「た、たしかにそうかも……？　いや、そうじゃなくて!?」

「それでは今日の放課後、例の場所でお待ちしておりますわ！」

ホクホク顔で、颯爽《さっそう》と去っていくセシリアさん。

（例の場所――すなわち貴族宿舎ですね！）

その言葉で伝わるぐらいに、私たちのかかわりも長くなってきており、

「むう……、今日はフィアナちゃんとダンジョン行こうと思ってたのに――」

「ごめんなさい。祝日にでも、じっくり攻略しましょう！」

「はいっ！」

けろっと機嫌を直すエリンちゃん。

そうして私は、今日も勝負の場に向かうのでした。


放課後、セシリアさんに連れて行かれたのは、今は使われていない旧校舎でした。

「ジャ～ン！　見ての通り、使われていない校舎ですわ！」

セシリアさんは、そう校舎を指差します。

その建物は、いつも使っている校舎と比べたら老朽化が進んでいました。ところどころ壁がくすんで錆《さ》びており、随分と年季を感じさせます。

「おやまあ、セシリア嬢。また来てくれたのかい。私だけじゃ、管理が追いつかなくてねえ――いつも、すまないねえ」

「エリシュアンの学生として、当然の事です。これぐらいは、お安い御用ですわ！」

旧校舎の管理人は、背中が曲がったよぼよぼのおばあちゃんのようです。

感謝の言葉に、セシリアさんは満更でもなさそうに微笑むと、

「それでは勝負、スタートですわ！」

セシリアさんは、勢いよく旧校舎に飛び込んでいくのでした。

校舎の中は、薄《うっす》らと埃《ほこり》が積もっていました。

放っておけば、アンデッドタイプのモンスターの巣窟になりそうな不気味な場所のようです。

「掃除に向いた魔法は――」

私は、これまで覚えた魔法を脳内で検索していきます。

「どうですか、フィアナさん！　こちらはもう、ここまで雑巾がけまで終わりましたわよ！」

「むむむ、勝負はこれからです！」

セシリアさんは、テキパキと掃除を進めていきます。

どこから持ち込んだのかほっかむりを被《かぶ》り、いそいそと雑巾をかける姿は、一見すれば使用人と見間違わんばかりで……、

（まあ、そこがセシリアさんの良いところですよね）

そんなセシリアさんだからこそ、私やエリンちゃんとも仲良くなれたのでしょう。

私はくすりと苦笑しますが、それでも勝負となれば別問題。

「えへへ、良い感じの魔法が思いつきましたよ！」

「へ？　掃除に使える魔法なんて――」

「小さな巨人《リトルゴーレム》――お願いします！」

私は簡易的なゴーレムを生み出し、校舎内に解き放ちます。

全長三〇センチほどのデフォルメされたゴーレムで、とても愛くるしい形をしています——ちなみにモチーフにしたのは、前世のアニメで見たお手伝いロボです。

「な、なんですのそれ!?」

「えっへん、新魔法のお掃除ロボくんです！」

えっほ、えっほ——

ゴーレムは、ちょこまかと歩き回って校舎内を散策。

ゴミを見つけると立ち止まり、

「ゴミはここに入れてね！」

私の生み出したゴミ箱に、ポイッと投入。

何体かのゴーレムは、その後は雑巾がけをしながら歩き回ります。

「ず、ずるいですわよ、フィアナさん!?」

「だって、魔法を使っちゃ駄目って言われませんでしたし？」

「だからって、こんな方法があるなんて〜！」

またたく間にピカピカになっていく旧校舎。

その一角で、セシリアさんの悲鳴が響き渡るのでした。

数時間後。

すっかりピカピカになった旧校舎を前に、

「セシリア嬢も、フィアナ嬢も、ありがとうね。すっかり綺麗になったよ」

管理人のおばあちゃんが、感極まったように私たちにお礼を言いました。

「お安い御用ですわ！　いいところは、フィアナさんに持っていかれてしまいましたが」

「いえいえ。細かな仕上げは、やっぱり人の手でやらないといけませんし。そこは、あまりお役に立てず面目ないです」

「まさか、あんなに不器用だとは思いませんでしたわ。意外な弱点ですわね——」

「これまでは食べられれば何でもいいやの精神でやってきましたので……」

セシリアさんの呆《あき》れた眼差《まなざ》しを受け、私は思わず苦笑い。

ミニゴーレムくんたちはともかく、私自身は役立たずもいいところでした。

見るからに高級そうな壺《つぼ》をパリンパリンと割ってしまい、真っ青になったのは嫌な記憶です。部屋の中をピカピカに磨き上げる仕上げの工程は、セシリアさんの独壇場でした。

「でも意外です。お貴族さまといったら、こういう事は使用人任せなのかなって」

「うちみたいな貧乏貴族だと、使用人を雇うお金もありませんのよ。最低限の見栄《みえ》のため使用人は付いてますが、自分の事はだいたい何でも一人でできますのよ」

セシリアさんは、どこか得意気にそう答えます。

「フィアナさんこそ、どこでそんな魔法を？」

「えへへ、これは思いつきですね。ゴーレムの制御部分を組み替えたら、お掃除もさせられるんじゃないかって――まだまだ改良の余地ありですが、面白い試みでした」

「あれもアドリブなんですわね。本当に――あなたは、息をするように、とんでもない事をしでかしますのね」

私の答えに、セシリアさんは深々とため息をつきましたが、

「ワタクシ、諦めませんからね！」

「セシリアさん、本気で勝つまで勝負を挑むつもりですか――」

「もちろんですわ！　ローズウッド家は、諦めの悪さには定評がありますのよ！」

そう言い残し、セシリアさんは走り去るのでした。

＊＊＊

学園生活にも慣れてきたある日の事。

私、フィアナは――唐突に何者かによって、拉致されていました。

「!?」

拉致、されかけて、いました！

（いやいや、どういう事ですか!?）

さすがに混乱する私です。

(何があったんですか!?)

それは放課後、エリンちゃんとの待ち合わせ場所に向かっていた時の事です。

廊下で待ち伏せをされた私は、目眩《めくら》ましの魔法を不意打ちで喰《く》らい、気がつけばロープでぐるぐる巻きにされていました。

さらには厳重に目隠しをされ、今はどこかの建物の中を歩かされています。

白昼堂々、学内で拉致事件とは――極めて由々《ゆゆ》しき事態ですね！

(まあ、なんでこんなに落ち着いているかというと)

(相手の正体が、分かっているからなんですが――)

大人しくされるがままになっているのは、相手に見覚えがあったからです。

仮面を被って正体を隠そうとしていたようですが、残念ながら魔力の波形は誤魔化せません。その正体は、セシリアさんと共に行動している少女二人です。

(ふふん、甘いですね)

(まさか目隠しを付けたぐらいで、私から情報を遮断できるとでも?)

幻影魔法に対抗するため、ルナミリアで身につけたテクニックの一つ――私は周りのマナを探る事で、だいたいの周囲の状況を把握する事ができます。

そうして辿《たど》り着いた先は、貴族寮(偉い貴族の人たちが泊まっている宿舎)の中にある、ちょっと広めの部屋でした。

私は、そのまま椅子に座らされ、

「フィアナさん、あなたはセシリアさまの派閥に入るべきですわ」

「そうですわ。セシリアさまが、あんなにも気にかけて下さっているのに――いったい、何が不満だというんですの？」

そんな言葉を、投げかけられました。

「えっと……、ヘレナさんにマーガレットさんですね？」

「「ゲホッゲホッ」」

むせる二人。

「いえいえいえいえ、私たちはセシリアさまの派閥とは関係なくてですね」

「そんな事より、あなた、状況分かってるの？　ここには誰も来ないわ。この状況で私たちに逆らったら、どうなると――」

二人は、私に杖を突きつけてきます。

（はあ……）

（まさかセシリアさんが、こんな強引な手に出るなんて……）

思わずため息をつく私。

最近は、おかしな勝負を仕掛けられるばかりで、すっかり油断していました。

この件は、セシリアさんの差し金なのでしょうか。

「えいっ！」

私は勢いよく立ち上がると、するりとロープから抜け出します。

「なっ!? 座りなさい。無駄な抵抗はやめて――」

「う、嘘《うそ》っ!? いつの間にか縄が解けてる!?」

「縄は、結ばれるときに工夫すれば、簡単に解けるんですよ？ さあ、そっちこそ痛い目に遭いたくなければ、降参して下さい！」

一瞬で形勢逆転。

私は二人から杖を奪い取り、テキパキと縄で縛り上げます。

一応、他に刺客が居ない事を確認し、ふうとひと息吐《つ》いたところで、

「ヘレナさん、マーガレットさん、今から作戦会議を――」

セシリアさんが、ひょっこりと顔を覗かせました。

「あれ？ なんでここにフィアナさんが――」

「ついに来ましたね、すべての黒幕！ セシリアさん、お覚悟～！」

「って、ぇえええええ!?」

私は呆気《あつけ》にとられる――フリをしている？――セシリアさんに飛びかかり、

「ごめんなさい！」

「ぎゃふん！」

拘束魔法を使って、縛り上げます。

その間、わずか一〇秒。

「セシリアさん、今回はさすがにやり過ぎだと思います。たしかに常在戦場の心構えは大切ですが、学内で攫《さら》うのは反則です」

「学内で、攫う……？　フィアナさん、あなたは、いったい何をおっしゃってますの？」

セシリアさんは、恨めしそうな顔でこちらを見てきます。

その顔には、本気で困惑の色が浮かんでおり、

（演技だったら大したものですが……）

「セシリアさん、何か申し開きはありますか？」

「ワタクシからすると、フィアナさんが闇討ちしに来たとしか思えない状態なのですが……」

「あれぇ……？」

「どうやらワタクシたち、じっくりと話し合う必要がありそうですわね――」

ようやく互いの行き違いに気がつくのでした。


かくかくしかじか。

事情を説明し合う私とセシリアさん。

「お二人とも馬鹿なんですの!?　馬鹿なんですの～!?」

「「ヒーン、セシリアさま。ごめんなさい～!!」」

涙目で謝罪するセシリア派の少女たち。

今回の件は、セシリアさんにとっては寝耳に水だったそうです。派閥の少女たちの完全なる暴走という事で――、

「ワタクシの失態ですわ。派閥をコントロールできていないなんて、あるまじき事態――まさかこんな形で、フィアナさんに迷惑をかける事になるなんて……」

セシリアさんは、しゅんとした様子で項垂《うなだ》れます。

貴族と平民の平等を謳《うた》うエリシュアン学園で、生徒を攫って無理矢理要求を通そうとした――その事実だけ見れば、実行犯の二人は謹慎処分が妥当な重い事態だそうで、

「まあまあ。私は無事ですし、お二人もセシリアさまを思ってした事なので、大目に見てあげて下さい」

「「フィアナさん……!」」

目をうるうるさせる少女たち。

「お二人とも、フィアナさんの寛大な心に感謝なさい。まったく、本当に――誰を見て育ったら、こんな事をしでかすのやら――」

「派閥のリーダーじゃないですかね……」

「なんですの？」

きょとんとするセシリアさん。

「まあまあスリングで楽しかったですよ。普通に生きていれば拉致なんてされる事はそうありませんし、一回ぐらいは経験しておいて損はないですよね！」

「もう、フィアナさんは優しすぎますわ」

心の底から申し訳なさそうに、セシリアさんはひら謝り。それでも最後に、そう苦笑してくれたところで……、

「それでは失礼します。また明日」

「はい、また明日！」

そう声をかけて、私はセシリアさんの部室を後にするのでした。

＊＊＊

それから数週間の時が経《た》ちました。

私たち特進クラスの面々は、スロベリア森という場所に来ています。目的は、スロベリア課外演習——クラス全員で泊まり込みの訓練を行う学校行事に参加するためです。

「わあ、美味しそうなお魚です！」

今は課題を始める場所まで、クラス全体で移動中です。

私は森の中を歩きながら、きょろきょろと辺りを見回していました。

「可愛い、じゃなくて美味しそう！　が先に来るんですわね——」

「花より団子、は私のモットーですから！」

気分的には、楽しい遠足といったところでしょうか。

嫌でも、テンションが上がってしまう私です。

「もう、フィアナちゃん。授業の目的、覚えてる？」

「授業の目的？」

「……そういえばずっと寝てたね。特別演習っていうのは——」

エリンちゃんが、呆れた様子で説明してくれました。

スロベリア課外演習とは、三日間、生徒だけで危険地帯で生存するというサバイバル訓練の事です。食事の確保、対モンスターの戦闘技術など、総合的なスキルを磨くための演習であるとの事。

「過去には死人も出ている危険な演習だから。気を引き締めないと——」

周囲を見れば、何人かは緊張した面持ちで周囲の様子を観察しています。

（むむ……、たしかに浮かれてばかりはいられませんね）

それでも人生初の遠足イベントに浮ついた心は、そう簡単には戻らず、

「でも生きてさえいれば、エリンちゃんが治してくれますよね？」

「それは勿論《もちろん》！……でも、そうじゃなくて──」

恥ずかしそうにプリプリ怒るエリンちゃん。

エリンちゃんにたしなめられて、私は少しだけ気持ちを真面目モードに切り替えるのでした。


数十分ほど歩き、ようやく開けた場所に出ました。

引率兼、責任者であるマティ先生が前に出て、演習の説明を始めます。

「それではここで解散。今回の演習の目的としては──」

簡単に話をまとめると、ここで全体行動としては解散。

課題の主目的は、まずは安全に三日間という時を過ごす事。次いで、エリア内にちりばめられた八つのチェックポイントを通過すると加点。さらにモンスターの魔石を集める事で、ボーナス評価を加点していくというもの。

（ふむふむ、三日間生き残るだけで合格と。とはいえ高スコアを取ろうとしたら、チェックポイント通過や魔石集めまで頑張らないといけないと。面白いですね！）

「──それと、命の危機を感じたら黄色い閃光《せんこう》魔法を打ち上げるように。そしたら我々、教師陣が助《すけ》っ人《と》として向かう。ちょっとした油断が、命の危険に直結する危険な演習だという事を忘れずに──くれぐれも無茶だけはしないように」

マティ先生は、そう説明を締めくくりました。

説明も終わり、私とエリンちゃんが荷物の最終確認をしていると、

「フィアナさん、今回の演習の結果で勝負ですわ！」

「ふっふっふ、来ると思ってました。いいですね、返り討ちです！」

セシリアさんがこちらにやって来て、そう宣戦布告してきます。

私とセシリアさんの勝負は、もはや恒例行事——こんな楽しいイベントで、勝負事を申し込まれない方が落ち着かないというものです。

「あれ？　そちらのチームのメンバーは？」

「えへへ、悩んだんですけど、冒険者活動で慣れたメンバーでチームを組もうかなと思いまして。今回は、私とエリンちゃんの二人組です！」

「たったの二人で、ワタクシたち五人を相手にするつもりですの？」

セシリアさんは、不思議そうにパチクリと目を瞬《しばたた》きました。

セシリアさんは、いつもの二人に加えて新たなメンバーを二人加えた様子。もしかすると、五対二になってしまう事を心配しているのでしょうか。

「はい。下手に知らない人をメンバーに加えるより、最初から気心知れたメンバーだけで組んだ方が良いかなと思いまして。ね、エリンちゃん？」

「はい、支援と治療はお任せを！」

にっこり微笑むエリンちゃん。

今日も、頼もしい限りです。

「ふん、そこの平民たちはメンバーをまともに集める事すらできませんでしたのね」

「ちょっと魔法が上手《うま》くても、所詮は平民。身の程をわきまえる事ですわね」

そんな言葉を投げかけてくるのは、セシリアさんチームの新メンバー二人。

典型的な貴族のお嬢さまといった感じの人たちであり、

(むむ……、随分と嫌味な人たちですね)

セシリアさんと仲良くなった今だからこそ、余計にそう感じます。

「お黙りなさい、あなたたち。学内では身分差の垣根を取り払って平等——教育の理念にも書かれている事ですわ。以後、ワタクシの前でそのような発言は許しませんわよ」

「え？　そんなのは、ただの建前で——」

「そうです。皆、そう思っているのは明らかでしょうに」

「だとしても、ですわ。ワタクシのチームに入るというのなら、そこは守っていただきますわ」

セシリアさんは、ピシャリとそう言い放ちます。

不服そうにしながらも、黙って引き下がる新メンバーの二人——セシリアさんには、たしかなチームリーダーとしての貫禄《かんろく》がありました。

「フィアナさん、恨まないで下さいまし。人脈作りも、これからの時代では必要な事。ここからは実力勝負——全力で行かせてもらいますわ！」

「望むところです！」

エリンちゃんと私は、短時間で随分と連携が取れるようになってきたと思います。

私としても、突貫工事の五人組に負けるつもりはありません。

「それでは、演習スタート！」

マティ先生がそう宣言。

保存食と地図を受け取り、私たちは拠点を旅立つのでした。

＊＊＊

私とエリンちゃんは、森の中を歩いていました。

受け取った地図には、大雑把な地形しか描かれていません。細かい部分の測量も、今回の演習に含まれているようです。

「フィアナちゃん、どこに向かってるの？」

「えっと、今回は第八チェックポイントから逆順にチェックポイントを回ろうと思います」

地図を見ながら、私はエリンちゃんにそう答えました。

第八チェックポイント——それは地図の西側に描かれており、湖の傍《そば》にあるようです。

「チェックポイントって何だろう？」

「さあ……。マティ先生は、見ればわかると言ってましたが――」

エリンちゃんの疑問に、私も首を傾げます。

チェックポイントが分かるかどうかは、今回の演習の大きな不安要素でした。

私は、改めて渡された地図を注意深く眺めます。

地図は九つのブロックに分けられており、中央を除くすべてのブロックに一つずつチェックポイントが配置されているそうです。左上から時計回りに、第一～第八のチェックポイントと設定されているようでした。

つまり私たちは、地図で見て左側のチェックポイントからスタートし、反時計回りで左上のチェックポイントを目指すルートを取るという事になります。

「フィアナちゃん、なんでそんなに急いでるの？」

「人がいないところにモンスターは集まります。魔石、取り放題です！」

「なるほど！」

ポンと手を打つエリンちゃん。

私は初日に一気に移動し、人が少ないブロックで一夜を明かしたいと考えていました。

三日間で、八つのチェックポイント全てを巡るのは大前提。セシリアさんとの勝負を考えると、いかに魔石を多く集めるかが大事になりそうだと思ったからです。

人の多い場所は、どうしても魔石の奪い合いになるでしょう。だからこそ多少のリスクを取ってでも人の少ない場所まで移動してから、モンスターを狩るのが良いと思ったわけです。

「疲れたら遠慮なく言ってね。休憩も大事ですからね」

「大丈夫。冒険者として、山歩きは慣れてる」

エリンちゃんは、動きづらいローブをまとい巨大な杖を背負っています。しかし言葉に偽りはなく、随分と旅慣れている様子。

私の方も、ルナミリアで山歩きは散々しており（王都の山は、ルナミリアのそれと比べたら随分と歩きやすいです）、こうした場所は得意です。

「あ、あれですかね？」

「かかし……？」

やがて私たちが見つけたのは、マナが込められたなんともブサイクなカカシでした。地図をかざすと、地図のチェックポイントに対応する場所が、マナに反応して色合いが変わり……、

（なるほど、こういう事だったんですね）

たとえるなら、スタンプラリーのようなものでしょうか。

そうして私たちは、無事、最初のチェックポイントにたどり着いた証《あかし》を手に入れます。

結果、チーム人数の少なさも相まって、私たちはあっという間に第八チェックポイントに辿り着いたのでした。

（順調ですね！）

「エリンちゃん、お昼にしましょう！」

「はい！」

私は、配給された缶詰を開封し……、

「あれぇ？」

中身を見て首を傾げます。

缶詰の中身は、ヘドロでぐちゃぐちゃ。見るも無惨な姿になっており、到底、食べられるものではありませんでした。

「こ、これはまさか……」

「エリンちゃん、どうしたの？」

「ごめんなさい。カトリーナさんから渡されたものを、そのまま受け取ってしまった私のミス。まさか、こんな小細工をしてくるなんて――」

エリンちゃんは、悔しそうに歯噛《はが》みします。

カトリーナさんというのは、今回、セシリアさんチームに加わった生徒の一人です。ルール説明中にも突っかかってきた少女であり、

「さすがに考え過ぎじゃないですか？」

「でも配給品が腐ってるなんて、おかしいよ。そう考える方が自然」

エリンちゃんは、そう吐き捨てます。

「どうしよう？　やっぱり、一度、拠点に戻るしか――」

「いいえ、わざわざ相手の狙い通りに動く必要はありません」

私は、にっこりと、

「エリンちゃん。ジューシーなお肉、食べたくありませんか？」

きょとんとするエリンちゃんに、そう微笑みかけるのでした。


私には、食料を三日分あらかじめ配っておく意味が分かりませんでした。

それこそ森で生き残る訓練というのであれば、食材の調達まで込みで練習するべきだと思ったからです。

実際、ルナミリアで何度か似たようなトレーニングをしたときは、私は自力で食料を確保してましたし、その経験を通じて身についた知識もいっぱいあります。例えば……、

（ワイバーンのお肉が、一番獲りやすくて美味しいとか！）

野外での活動において、食は何よりの娯楽です。

味気のない保存食だけで済ませるなんて、健康な身体への冒瀆《ぼうとく》そのものだと思います。

そんな訳で私は、美味しそうな獲物――ケフン、安全に倒せるモンスターを探すために、木によ

じ登って遠見の魔法を使い、周囲の様子を探っていました。

「フィアナちゃん、無茶はしないで」

「任せて下さい！　故郷ではよくやってましたから——あ、ジャイアントホーンですね。美味しそう——禁止区間ですが、獲ってきても大丈夫ですかね？」

「駄目です、失格になっちゃいます」

「む〜……」

残念、と私は唇を尖《とが》らせます。

——ちなみにジャイアントホーンはAランク指定の難敵で、立入禁止になった原因そのものだったりするのだが……、その事実にフィアナが気づく事はなかった。

私は、しばらく獲物を物色した後、

「プチプテラくん、君に決めた！」

そう宣言しながら、木から飛び降ります。

プチプテラ——それは全長数メートルの巨大な鳥で、鉄製の鋭いクチバシが脅威となるモンスターです。取るべき戦術は至ってシンプル——殺《や》られる前に殺る、すなわち死角からの不意打ちが非常に有効です。

「えっと――要は、禁止区間に入らなければいいんですよね？」

「それは、そうだけど――」

「ならここから撃ち落とします！」

私は、数百メートル先にいるモンスターに意識を集中し、

「ファイアッ！」

射出したのは、直径数十メートルほどの鋭く尖った岩の槍《やり》。

威力こそ低めですが、死角から急所を撃ち抜くのに適しており、特に飛行モンスター相手に愛用しています。

「よし！」

「す、凄い！」

遠目に見えていたモンスターを穿《うが》つ魔法を見て、エリンちゃんは目をまん丸にします。

これが第一段階。食べるためには、どうにかして回収しなければなりません。

「要は、入らなければ良いんですよね？」

「…………」

物言いたげなエリンちゃんの視線を、私は華麗にスルーすると、

「ゴーレムで運搬します！」

最近、何かと活躍してくれているゴーレムです。

そうして生み出したゴーレムは、見事に私たちのもとへ、プチプテラ《私たちのお昼ごはん》を持ってきてくれるのでした。

その後、私はテキパキとモンスターを捌《さば》いていきます。

食べづらい頑丈な翼やクチバシを剥ぎ、胴体の部分を串焼きにすれば一丁上がり。

「ジャ～ン、プチプテラの串焼きです！」

「こ、これ……。食べられるの？」

「味は保証しませんけどね」

そう言いつつ私は、プチプテラのモモにかぶり付きます。

野営で食べる食材は、新鮮さが命。食堂で食べるのとは、違った美味しさがあると思うのです。

「うん、良い焼き加減。久々に食べましたが、やっぱり美味しいです！」

頬をほころばせる私を見て、エリンちゃんもおずおずとかぶり付き、

「……美味しい！」

そう目を輝かせます。

それから、がっつくようにお代わりを所望し、

「あ……、ごめんなさい。ついつい食べすぎました」

「気にしないで。また獲ってくれれば良いですから」

エリンちゃんは、巨大なプチプテラをぺろりと完食――少しバツの悪そうな顔をしていました。

さすがは、フードファイターのソウルを持つエリンちゃんです。

満足げな顔をしているエリンちゃんを見て、私はひらめいてしまいます。

(これ、もしかして狩りに誘うチャンスなのでは！)

「エリンちゃん、これ美味しかったですよね？」

「うん、最高だった！」

「今度はドラゴン狩りに行きませんか？」

私は、そう言いながら美味しさをアピール。

「獲れたてのドラゴン、とっても美味しいんですよ！　レッドドラゴンは口の中で弾《はじ》けますし、グリーンドラゴンは栄養満点。イエロードラゴンは、口の中でパチパチ弾けて面白い食感ですし……でも、ブラックドラゴンは、硬すぎるので例外です」

「行きます！　獲れたてのモンスタージビエ、すごく美味しそう！」

そうエリンちゃんに約束を取り付けたところで、

「とりあえず魔石一つゲット。チェックポイントも一つ通過しましたし――順調ですね」

私は、現状を確認。地図を確認しながら、

「今日はこのまま魔石を集めながら移動して、南にある第七チェックポイントで野宿――というのはどうでしょう？」

「うん、フィアナちゃんの判断を信じる。晩ごはんも楽しみ――」

「美味しそうなモンスターは、適宜、捕まえながら移動しましょう！」

「お～！」

気の抜けた声で、気合いを入れるエリンちゃん。

そうして私たちは、順調にチェックポイント巡りを進めていくのでした。


【セシリアサイド】


一方、セシリアチームは、フィアナたちとは逆方向に進んでいた。

この課題は、チェックポイントを通過する順番まで計画に入れ、負担の少ないルートを選ぶべきだとセシリアは考えていたからだ。

西側のエリアは、勾配が多く、禁止区間とも隣り合っている。間違いなく高難易度のコース――万が一を考えるなら、後回しにするべきとセシリアは判断したのだ。

セシリアは、疑う事なき優等生だ。

それはひとえに努力によるもので、だからこそセシリアは決して己の実力を過大評価しない。

モンスターとの交戦も最低限に抑えながら、無事、東部の第六チェックポイントに到着。順調な進行を見せていた。

順調な進行をよそに、セシリアの表情は暗い。

「あそこで止められなければ、私たちはモンスターを三体は狩れましたわ！」

「そうですわ、セシリアさん。平民の顔色ばかり窺《うかが》って……、あなた、少しばかり臆病すぎるんじゃありません？」

不満を口にしていたのは、今回、新メンバーとして迎えた少女たち――モンタージュ派の少女たちである。

名は、カトリーナとレイラ。最大派閥のモンタージュ派に属する彼女たちは、長いものには巻かれろな典型的な貴族であった。彼女たちは、お家復興のために叶《かな》わぬ夢を追いかけ続けるセシリアの事を内心では馬鹿にしていた。

「何度も言わせないで下さいまし。序盤は、余分な消耗は抑えるべき――魔石集めは、ボーナス要素。あくまで最優先はチェックポイント巡りだと考えるべきですわ」

セシリアは、チームメンバーの選出に早くも不安を感じていた。

優秀なメンバーは、優秀なメンバー同士でチームを組みたがるものだ。その点、セシリアは優秀な魔法使いであり、彼女だけならいくらでも優秀なチームに勧誘されただろう。

しかし、セシリア派閥の少女――ヘレナとマーガレットは、どちらかというと落ちこぼれグループに属するというのが実情。セシリアにとっては、己の派閥に入ってくれた二人を裏切るという選択肢はあり得なかったのだ。

かといって三人チームでは、人数の問題でそれだけで不利。だから普段はやり取りのない相手とでも、仕方なくチームを組む事にした訳だが――それが正解だったのかは、かなり怪しいとセシリアは感じていた。

「フィアナさんの言う事が正しかったのかもしれませんわね――」

「セシリアさま？」

「何でもありませんわ。ヘレナさんにマーガレットさん――ワタクシはあなたたちの将来を、ローズウッド家の名にかけて保証するべき立場。何も心配なんて要りませんわ」

「いえ、その事は今は良くて――」

そう言っても、ヘレナとマーガレットは心配そうにセシリアを覗き込んでおり、

「いけませんね。シャキッとしないと――」

いついかなる時も、頼れるリーダーでなければならない。派閥のリーダーとして、弱ったところなんて見せられないのだ。

そう気合いを入れ直したセシリアは、

「そろそろ例の爆弾、爆発した頃ですかね？」

「えぐい事するよね、カトリーナ。平民たちの料理にヘドロの呪いをかけるなんて」

「いえいえ。むしろあの泥料理が、平民にはお似合いなんじゃなくて？」

「くくく、違いないですわね」

「どういう事ですの？」

聞き捨てならない言葉が耳に入り、思わず聞き返すセシリア。

「今、フィアナさんたちの料理に呪いをかけたって――」

「ええ。これで奴《やつ》らの保存食は台無しに。私たちの勝利が、間違いなく近づきましたね」

悪びれる事もなく、そう返してくるカトリーナ。

陰湿な手口――否、この程度の行為は、邪魔者を蹴落とすための妨害にも入らない。そう言いたげな視線。

「何を怒ってますの？」

「そうですわ。気弱なあなたに代わって、ライバルを潰す手伝いをしてあげただけですわ。どちらかというなら、感謝してほしいぐらいで――」

「カトリーナも、レイラも、ワタクシのチームでこれ以上の好き勝手は許しませんわよ。これ以上何かするなら――ワタクシのチームからは、出て行ってもらいますわ」

セシリアは、ピシャリと言い切った。

セシリアという少女は、とにかく曲がった事が嫌いなのだ。

どんな場面でも愚直に、まっすぐに――自身のチームから、姑息《こそく》な妨害を行う人間が現れたなど、断固として許せなかったのである。

「なっ!!　何の権限があって、そんな事を！」

「一時的なチームとはいえ、特別演習の資料に、きちんとルールの記載がありますわ。これは最後の警告ですわ——余計な事はしないで、チームリーダーのワタクシの指示に従う事。反則行為は全面的に禁止。良いですわね？」

セシリアが、本気で怒っているのが分かったのだろう。

レイラとカトリーナは、不服そうにしながらも静かに頷《うなず》くのだった。


【フィアナサイド】


私たちは、順調に課題を進めていました。

ちなみに地図の測量は、私は早々に諦めていました。

だいたいの地形さえ分かれば、座標と照らし合わせて現在地の把握はできますし、近くにたどり着ければチェックポイント探しは魔法に頼った方が早いからです。

しばらく進むと、モンスターが現れました。

最初は体力を温存するため、モンスターの気配を探りながら進んでいたのですが、途中で私たちは方針転換。最短距離を移動しながら、現れたモンスターは蹴散らす方向に舵《かじ》を切りました——またの名を、脳筋戦法とも言います。

現れたのは、緑色のぷよぷよした球体のモンスターです。

「モンスターですね！　ふむ……、見た事がない相手ですね――」

それはルナミリアには生息していない不思議なモンスターでした。

「あれはスライム。今回は私が行くね」

エリンちゃんが、そう言いながら杖を構えます。

「スライム……！　こ、これが数々のＲＰＧで、最弱の名をほしいままにしてきたという、伝説のあの〝スライム〟なんですね！」

謎の感動に打ち震える私。

そんな私を見て、エリンちゃんは不思議そうに首を傾げていましたが、気を取り直したように杖を振りかぶって突撃。

そのまま杖を振り下ろし、一撃で相手をミンチにします。

「さすが、エリンちゃん！」

「えへへ、まあ相手はスライムだから」

エリンちゃんは、そう照れたように笑います。

にっこり微笑むエリンちゃんは今日も可愛らしいのですが、ローブにはスライムの返り血――ならぬ返り体液が、べちょりとこびりついており、

（うん、エリンちゃんを怒らせないようにしよ——）

私は、密かにそんな事を決意するのでした。


それにしても見慣れないモンスターは、それだけで好奇心をくすぐられるものです。

私は、次に現れたスライムをまじまじと観察してみます。ぷるんぷるんと震えていて、見た目はゼリーのようで美味しそう。

「——な、何してるの!?」

手を近づけて、攻撃を誘発してみます。

いったい、どんな攻撃をしてくるのでしょう。

「何って？　とりあえず攻撃を食らってみようかなって」

「なぜ……？」

「ほら、攻撃を解析すれば新しい発見があるかもしれませんし——あっ、この子、面白いですね。どうやら、こちらを呑み込もうとしているみたいですよ！」

「いや、呑気《のんき》に解説してないで!?」

うにょ～んと伸びて、こちらを呑み込もうとしてくるスライムくん。

残念ながら、魔法とかは持っていない様子。

「危険です……、ふんっ！」

「あぁぁぁ、スライムが木っ端微塵《こっぱみじん》に～！」

エリンちゃんが杖を振り抜き、憐《あわ》れスライムは一瞬で粉々になりました。

キラリと輝く魔石が、スライムくんの存在の証。

「なんだか儚《はかな》いモンスターですね……」

「どこが――」

ジトーッとした目で、私を見てくるエリンちゃん。

（フィアナちゃん、やっぱり放っておくと危ないです）

「ん？」

「何でもありません！」

エリンちゃんは、ズイズイと進んでいき、

「あ、新手のモンスターですね。えっと――」

「フィアナちゃん、ここは私がやります！」

ボコッ！

そう言いながら、またしても杖で粉砕。モザイクが必要そうなモンスターの死体が、その場に一丁出来上がりました。

「はい、魔石です。運が良いですね、これで五つです！」

「順調ですね！　あ、あっちにもモンスターが！」

「ふんっ、成敗！」

再び、杖を振り抜くエリンちゃん。

憐れなモンスターは、次々と肉塊へと姿を変えていきます。

「えーっと……。エリンちゃん、なんだか過保護じゃない？」

「だってフィアナちゃん、放っておくとすぐに危ない事するし――」

「え？」

首を傾げて聞き返す私に、

「もう……、何でもない」

エリンちゃんは、ふいっと顔を逸らして先に進むのでした。


そのまま私たちは、順調に二つ目のチェックポイントまで歩みを進めます。

結局、移動中にモンスターを倒し、集まった魔石は全部で六つ。周りのチームの進捗は分かりませんが、なかなか幸先《さいさき》の良い出だしではないでしょうか。

「順調ですね。魔石がこんなに集まったのは予想外でした」

「はい。この辺には、あまり強いモンスターも現れないみたいですね」

キラキラと輝く小さな結晶を、エリンちゃんは丁寧に袋にしまっていきます。砂粒のようなサイズでも、一つは一つですからね。

私たちは地図を見ながら、明日の計画を話し合います。

「明日は、このまま反時計回りにチェックポイントを通って、一気に北東の砦《とりで》のチェックポイントまで行こうと思うんですが……、エリンちゃんはどう思う？」

「一気に四つも回るの？　結構、ギリギリになりそうだけど……」

「最終日には余裕を持っておきたいからね。それに――」

「それに？」

「向こうに美味しそうなプチサウロスが見えたんです！」

地図のチェックポイントを指さしながら、私はそう力説します。

「プチサウロス、すごく美味しいんです！」

「なるほど！　いや、でももっと安全性を取るべきな気も――」

「エリンちゃん」

私は大真面目な顔で、

「食事って、大事だと思いませんか？」

「思う！」

「なら、行きましょう。第四チェックポイント！」

う～ん、う～ん、と葛藤していたエリンちゃんですが、

「あ。そろそろお鍋、食べられそう」

エリンちゃんも、また同志《フードファイター》。

気がつけば興味は、グツグツと煮える鍋に移ろっていきます。

「待ってました！」

「フィアナちゃん、味見はもう禁止！」

ちなみに調理担当はエリンちゃんです。最初は私が料理番をしていたのですが、味見をしていたらなぜか量が減っておりエリンちゃんに交代を言いつけられたのです。

不思議ですね。

「いい匂いですね」

「えっへん、グレートボアは煮ても焼いても美味しいんですよ！」

今日の夕飯は、魔法で生み出した土鍋を使って鍋パーティー。メインディッシュは、ぐつぐつと煮えているイノシシ型のモンスターでしょうか。

私は、鍋をよそって口に運ぶと、

「エリンちゃん天才！　すごく美味しいです！」

カッと目を見開いて叫びます。シンプルな味付けながら、不思議なダシが利いていて、それこそ奇跡のような美味しさで――、
ん……？

「エリンちゃん、これどうやって味付けしました？」

「塩と——後は、奇跡を少々？」

そう微笑むエリンちゃんの手からは、光のマナがわずかに漂っており、

「エリンちゃん、料理に光魔法は禁止。なんだかやばそうな中毒性があります！」

「む～……、せっかくの光魔法なのに——」

「奇跡の無駄遣いすぎます!!」

美味しいですけどね！

「それなら、ちゃんと野菜も食べてくれる？」

「そ、それとこれとは話が別です！」

「じー………」

「分かりました！　食べます、食べますから！」

そうして無事、エリンちゃんの料理 With 奇跡は封印されたのでした。

＊＊＊

翌日。

私たちは、順調にチェックポイントを通過しながら移動していました。

お昼を過ぎて、そろそろ昼休憩に入ろうかという頃、

「あ、セシリアさん！」

「フィアナさん！」

私は、セシリアさんチームと遭遇します。

どうやら向こうは、私たちとは逆回りにチェックポイントを巡っているようです。

「その……、食事はどうしてますの？」

「モンスターを狩って食べてます。せっかくお泊りに来たんです、やっぱり保存食なんて味気ないですよね」

おずおずとそんな事を聞いてくるセシリアさんに、私はそう返します。

その言葉に、セシリアさんのチームメンバーは、何とも言い難い顔をしていました——いったい、どうしたのでしょう。

「——心配して損しましたわ」

「？」

苦笑いするセシリアさん。

「魔石は、どれぐらい集まったんですの？」

「えへへ、こんな感じです！」

私は、キラキラ輝く魔石をセシリアさんに見せます。

集まった個数は、全部で七つ——これは、かなりの好成績のはずです。

「も、もうそんなに集めましたの？」

「途中からは、モンスターを避けるのを止めたんです。片っ端から倒してしまった方が、効率が良いですしね」

「人数の不利をものともしない――それでこそフィアナさんですわ」

セシリアさんは、呆れたようにため息をつきます。

「そちらは、どんな感じですか？」

「こちらで集まったのは、これぐらいですわね――」

セシリアさんが見せてくれたのは、きらりと輝く一つの魔石。

チェックポイントを巡る速度としては、だいたい同じぐらいでしょうか。魔石の個数を考えれば、今のところはこちらが有利と言ってもいいでしょう。

「それじゃあ、残りの日程も頑張りましょう！」

「ええ、お互いの健闘を祈りますわ！」

そう握手を交わして、解散する私とセシリアさんなのでした。


【セシリアサイド】

「多少は無理をしないと勝てませんわね」

フィアナと別れ、セシリアはそう呟いた。

可能な限りモンスターとの交戦を避けながら、ハイペースにチェックポイントを巡ってきたセシリアチーム。チェックポイントをさっさと巡り終え、余った時間で魔石集めに注力するという作戦を立てていたのだが――、

「このままでは、取り返しの付かない差になりますわね」

このペースでフィアナが魔石を集めるなら、こちらも魔石を集めながら移動しないととても巻き返せないような差を付けられてしまいそうだった。

かといって今のチームで、そんな高等プレーができるかと言うと怪しいところでもあり、

「買収、しますか？」

「そうですね。バカ正直に張り合う必要はありませんわ」

「馬鹿な事言わないで下さいまし！　ワタクシは正々堂々セシリアさんに勝って、派閥入りを認めさせるんですわ！」

セシリアは、ふざけた事を言い出すカトリーナたちを一喝する。

決して曲げられない部分というのは、誰にでもあるもので――そういうズルい生き方だけはしたくないと、セシリアは決めていたのだ。

「あなたたちも、それでいいんですの？」

「そうです。このままじゃあ負け戦ですわ。派閥の話だってそう――このままローズウッドに付いたところで、何も得るものはありませんよ？」

カトリーナたちは、あろう事かヘレナたちにそんな事を囁き始めるではないか。

「あなたたち……、まさか最初からそれを狙って――」

セシリアは、思わず息を呑む。

彼女には、何もかもがうまく行っていないような焦りがあった。一年も学園に通っておきながら、何一つとして結果を出せていないからだ。このままでは、学園一の派閥を作る事など夢のまた夢。

このままメンバーを繋《つな》ぎ止めておく事など不可能。

「もう本音を言っても良いのよ、ヘレナ、マーガレット。今ならルナシアさまが、モンタージュの名において、あなたたちを保護して下さるわ。決して悪いようにはならない」

「そうそう。駄目な主人は、捨てるに限るものよ？」

謳うように言うカトリーナとレイラ。

別に引き抜きが成るかどうかには興味がない――ただ、それを口にする事で、セシリア派に亀裂を入れる事が目的なのだろう。

ギリリ、と唇を噛《か》むセシリアに対して、

「結構です。私は、セシリアさまに付いていくと決めたので」

「その通りです。そういう正直なところが、セシリアさまの魅力ですから！」

ヘレナたちは、迷う事もなくそう返す。

その揺るがない目を見て、

「交渉は決裂。後悔しても知らないわよ」

そんな捨て台詞《ぜりふ》を吐くカトリーナたちに、

「天下のモンタージュ派が、随分とワタクシたちにご執心のようで。なにか特別な理由でもありますの？」

セシリアは、意地悪くそう聞き返す。

「いいえ、なんて人聞きの悪い。私たちは騙《だま》されているように見えた可哀想《かわいそう》な生徒を善意で救いに来ただけですわ」

「ええ。思い上がりも甚だしいですわね」

カトリーナたちは、苦虫を噛み潰したような顔でそんな反応を返すのみ。

それ以降、彼女たちは何か口を開こうとする事はなく、

「ありがとう、ヘレナさんもマーガレットさんも。だからこそ甘えてばかりはいられない――いい加減、結果を出さないといけませんわね」

一方、セシリアは何かを決意して。

――それぞれの思いを抱えたまま、森の中でのスロベリア課外演習は進んでいく。

＊＊＊

二日目の夜。

チェックポイント近くのキャンプ地で、

「ヤバいわね」

「まさかセシリア・ローズウッドが、あそこまで配下の心を摑《つか》んでいたなんて――」

ひそひそとささやきを交わす者がいた――カトリーナとレイラ。セシリア派を内部から崩すために送り込まれた生徒たちである。

「あんな奴の何がいいのやら」

「まったくですね。極めて非効率――こんな時間までモンスターを狩り続けるなんて。貴族らしい優雅さのカケラもありませんわ」

セシリアたち三人は、少しでも魔石を集めるためにとモンスターを狩りに行っていた。

カトリーナたちは、キャンプ番を任せられた形である。彼女たちにも己の成績がある以上、表立っての妨害はできないだろうというセシリアの判断であった。

その時、レイラの持つ黒水晶が光りだした。

「そっちの調子はどう?」

「はっ、申し訳ございません、アレシアナさま」

「ちょっと。私の名前は出さないでって、いつも言ってるでしょう」

「申し訳ございません」

水晶から聞こえてくる声に、レイラは怯《おび》えた様子を見せる。

通話の相手――それはモンタージュ派のＮｏ．２であるアレシアナであった。

「……で、状況は？」

「内部分断に失敗してしまいまして――ですが、お任せ下さい。必ずや今回の演習で、セシリア・ローズウッドを再起不能に追い込んでみせますので」

「そう。なら……、あの方から伝言よ。例の作戦を遂行せよ――心配しないでも、後始末はこっちでやっておくわ」

「ほ、本気なのですか？」

「なに、まだビビってるの？　しっかりしてよ。失敗したら、私まで罰を受けるんだから――」

そう釘《くぎ》を刺し、通話を切るアレシアナ。

通話が切れた水晶を握りしめたまま、レイラはいつまでもブルブルと震えており、

「レイラ、アレシアナさまは何て？」

「例の作戦は決行。目障りなあいつを《セシリア》――ここで確実に殺る」

「そう…………」

レイラが抱えていたのは、何かの卵だ。

闇の魔力でどす黒く染め上げられたそれは、今にも孵化《ふか》しそうに蠢《うごめ》いていた。

【フィアナサイド】


そうして三日目の朝を迎えました。

長かった特別演習も、今日で三日目――最終日です。

「今日は、残りのチェックポイントを巡ってコンプリート――そのまま拠点に戻れそうですね」

「まさか二人だけで、本当にこの勢いで回りきれるなんて。流石はフィアナちゃん」

「エリンちゃんの協力のおかげですよ」

チェックポイントを回る速度は、間違いなく二人チームの強みでした。

ちなみに集まった魔石は、全部で一六。

運も味方して、かなりの数の魔石を集める事にも成功しました。


朝食を食べて出発。

サクッと移動して、チェックポイントを二つ巡りコンプリート。

そのままモンスターを倒して魔石を集めながら、私たちは出発地点に戻ります。

「私たちが一番乗りみたいですね！」

「さすがに疲れたね……」

長丁場に、疲労の色を隠せないエリンちゃん。

三日間フルで動き回った事になり、私もヘトヘトでした。

「クソォ、あと二つ。二つでコンプリートだったのに！」

「悔しい～！　チェックポイント、全然回れなかった……！」

「おい、なんか第四チェックポイントのあたりに、馬鹿でかいモンスターの死骸が置いてあったんだが……」

やがて続々とクラスメイトたちが帰ってきます。三日ぶりに再会したクラスメイトたちは、口々に興奮した様子で己の冒険について語ります。

（あれ？　セシリアさんたち、遅いですね――）

セシリアさんたちを待つ私たちですが、一向に帰ってくる気配がありません。

「時間だな」

やがてマティ先生が、そう呟きます。

いつの間にか集合場所には、セシリアさんのチーム以外のメンバーが勢揃《せいぞろ》いしていました。

「な、何かあったんじゃ？」

「いや……。さすがにセシリアさんたちのチームに限って、そんな事は――」

心配そうに言葉を交わし合うクラスメイトたち。

確かな実力を持つセシリアさんですが、それでも何があるか分からないのが特別演習というものです。

私たちの間に、ざわざわと混乱が広がりかけたのを見て、

「もう少しだけ様子を見よう。三〇分経っても戻ってこなかったら我々が救出に向かう」

マティ先生とティア先生が、そう宣言しました。


時間にして数分でしょうか。

重々しい沈黙を破るように、一人の少女が集合場所に駆け込んできました。

「誰か、助けて！」

「あ、あなたは――」

傷だらけで現れた少女の名は、ヘレナ。

常にセシリアさんと行動している少女の一人でした。

「ま、まずは治療を！」

「私の事はいいです。セシリアさまは、私たちを逃がすために現場に残って、今も戦っていて――

誰か、セシリアさまを助けて下さい！」

身体中ボロボロで、あまりにも令嬢らしくない姿。

なりふり構わずそう叫ぶ少女は、ただただセシリアさんを案じているようで、

「彼《か》の者に神の祝福を――」

「これが、癒やしの魔法!?」

エリンちゃんは、回復魔法を使ってヘレナさんの傷を癒やすと、

「すぐに向かいます。案内して下さい」

安心させるように、そう微笑むのでした。

「ま、待て。そのように危険な事は――」

「任せて下さい。イレギュラーな事態に対応するのも、また演習。ですよね?」

止めようとするマティ先生に、そう返す私。

そうして私たちは、セシリアさんたちの救出に、向かう事になるのでした。


「こっちです!」

ヘレナさんは、そう言いながら走り出します。

「いったい何があったんですか?」

「それが……、いきなり巨大なモンスターが現れたんです。恐ろしく大きなムカデで――応戦したんですが、私たちの攻撃じゃ、まるで刃が立たなくて――」

「ムカデのモンスター?」

この近辺に、そんな奴いたでしょうか？

「セシリアさんのチームは、五人でしたよね？　ヘレナさん以外は、今もそのモンスターと戦ってるんですか？」

「あいつらは逃げたんですよ。しかも救援要請用の閃光魔法を持ち逃げして――」

聞けば新たにメンバーに加わった二人は、劣勢を悟った瞬間、そのまま逃走を始めたそうです。

その際、救援を呼ぶと言いながら救援要請用の閃光魔法を持ち出していたようで……、

「でも私たち、誰も閃光魔法を見てませんよ？」

緊急事態に遭遇したときのための閃光魔法は、打ち上げて広範囲に助けを求める魔法です。

もし使われたなら、誰も見ていないとは考えづらく、

「つまりは――」

「怪しいですね、その二人」

――意図的に、救援を呼べないように持ち逃げした。

そうとしか考えられない事態です。移動しながら話を聞いていたエリンちゃんは、静かに怒りをあらわにしました。

「事態は一刻を争いますね――摑まって下さい。私が抱えて移動した方が早いです！」

「「……………へ？」」

私はそう声をかけ、エリンちゃんとヘレナさんを抱えます。

そして風の魔法を身体に宿し、そのままトップスピードで駆け出すのでした。

「「ヒェェェエエ!?」」

（無事でいて下さい、セシリアさん！）

私は全速力で、森を駆け抜けます。

今の私は、スピード自慢のヘルタイガー（ルナミリア周辺に生息する虎型モンスター）より格段に速いはずです。

地図で確認した場所に近づくにつれて、

「あ、あれが！」

私は、恐ろしいモンスターを目にする事になりました。

その風貌は、ひと言で言えば全長数十メートルはあろうかという巨大なムカデといったところでしょうか。独自の進化を遂げたのか、表面をどす黒い甲殻に覆われており、一筋縄では攻撃が通らなそうです。

その巨大ムカデの正面には、

「セシリアさん！」

「フィアナさん、ですの!?」

一人の少女を守るように立つセシリアさんの姿がありました。

ところどころに怪我《けが》はありますが、思っていたより元気そうです。

(良かった、無事みたいです！)

私が、エリンちゃんたちを降ろすと、

「ふぎゃっ、もう少し丁寧に運んで下さいません!?」

「目がまわる――」

ポンと落とされたヘレナさんから、非難の声が上がります――申し訳なく思いつつも無視。今は緊急事態なのです。

「エリンちゃん、いつもの行ける?」

「うん、任せて！」

両手で杖を持ち、祈るように目を閉じるエリンちゃん。

やがて空から神々しい光が、セシリアさんに降り注ぎます。神の奇跡――みるみるうちにセシリアさんの怪我が回復していきます。

私は跳び上がり、セシリアさんの隣に降り立ちます。

「フィアナさん、どうしてここに!?」

「話は後。まずは、こいつをやっつけないと！」

巨大ムカデと睨《にら》み合い、私は戦闘態勢に入ります。

ギィアア！

形勢が不利になったのを悟ったのか、巨大ムカデは怒りの咆哮《ほうこう》をあげました。さらには威嚇するように頭の触手が蠢《うごめ》き、その容貌をよりグロテスクなものに変貌させます。

(気持ち悪っ！)

触りたくない相手、トップスリーに入ります。

巨大ムカデは、ずりずりとこちらに近寄って来て、

「ヒィィッ」

(今の悲鳴は……、セシリアさん？)

隣を見ると、セシリアさんは怯えたように後ずさりしていました。

その顔は、よく見れば恐怖で真っ青になっており――

「ワタクシ、虫だけは昔から駄目なんですの……」

消え入りそうな声で、セシリアさんはそう言います。

「克服しようと努力はしましたの。お掃除だって頑張りましたし、何度か虫のモンスターと戦ってみたりして――でもムカデだけは、あの形だけはどうしても駄目で――」

「分かりました。ここは任せて下さい」

私は、一歩前に出ます。

「ワタクシ、失敗してしまったんですわね」

「失敗？　苦手なモンスターを相手に、立派にマーガレットさんを守り抜いたのに？」

「駄目なんですの。ローズウッドの長女であるワタクシは、常に完璧で、模範とならねばならない。皆の前で、こんな失態を晒《さら》して――これではお父さまに、顔向けできませんわ」

どう反応すればいいのか分からなかった私ですが、

「フィアナさんも、今のワタクシに助ける価値なんてありませんことよ？　今のワタクシでは、何も返せませんもの」

そんな事を言われてしまい、さすがに少しだけムッとします。

セシリアさんが何に悩んでいるのかは分かりません。

それでもその言葉は、セシリアさんを助けたいと行動した人たちの気持ちを、すべて踏みにじるものです。

「フィアナ……、さん？」

「助ける価値なんて誰が決めるんですか？」

不思議そうに顔をあげたセシリアさんに、

「何も返せない？　だから何だって言うんですか？」

「どういう……、事ですか？」

「いいですか、別に私は何か見返りが欲しいなんて思ってません。あれだけ一緒に行動して笑いあったセシリアさんに――生きていてほしいと思ったから。それだけです！」

私は、キッパリそう告げます。

「見返りを、求めず、ただワタクシを助けると。そうおっしゃいますの？」

「はい」

「ワタクシに、そんな価値があると？」

「価値とか、見返りとか、そんな堅苦しい事考えないで下さい」

——何か行動するときに、必ず見返りを求めて行動する。

——それは派閥というものの基本的な考え方のように思います。

そこに発生するのは、面倒なしがらみと、息のつけない殺伐とした世界。

「私はセシリアさんと、そんな関係にはなりたくありませんからね。これからも楽しく話して、ときどき勝負して——そんな毎日を過ごしたいです！」

「そう……、ですわね。ワタクシ、気がつかないうちに下らないしがらみに、囚《とら》われていたのかもしれませんわ——フィアナさん、感謝しますわ」

ようやくセシリアさんの瞳に、光が宿ります。

勿論、巨大ムカデへの怯えはあれど、もうその顔に焦燥感は無く、

「フィアナさん、ワタクシは何をすれば良いですの？」

「こいつの特徴を教えて下さい。攻撃方法と、できれば気をつけないといけない予兆とかも」

「予兆、ですの!?　えーっと、えーっと——」

わたわたと考え始めるセシリアさん。

その表情は、いつもの底抜けに明るいセシリアさんそのもので、私は戦闘中にもかかわらずクスリと笑ってしまいます。

巨大ムカデと睨み合う事数刻。

――突如として、巨大ムカデの目元が赤く光りました。

「ッ！　それ、気をつけて下さいまし。すぐに消化液が来ますわ！」

「え？　なんですか、それ!?」

「簡単に言えば、触れた場所が瘴気《しょうき》になる猛毒です。ワタクシも、あれに足をやられました――気を付けて下さいまし！」

周囲を見れば、ところどころに猛毒の沼地が生まれています。

あれも巨大ムカデの仕業なのでしょう。

(厄介な相手ですね。どこから現れたんでしょう――)

私はセシリアさんを背負い、強く地を蹴り天高く飛び上がります。

「ごめんなさい、ちょっと失礼しますね」

「ヒィイイイ！」

そのままグングンと空高く飛翔《ひしょう》。

ムカデは、良い感じにこちらを見失ってくれたようです。

「行きます！」

私は、宙を勢いよく蹴って反転。

地面に向かって、グイグイと加速していきます。

「イィィィイヤァァァァア！」

またしてもあがる絶叫。

セシリアさんは、涙目でギュッと目を閉じていました。

（ごめんなさい!!　でもこれが、一番安全だと思うんです!!）

内心で謝罪しつつ、私は容赦なくさらに加速、加速、加速。

トップスピードに到達したところで、

「チェックメイトです！」

私は、魔力を込めた蹴りを巨大ムカデに叩きつけます。

落下速度の分まで威力が上乗せされた圧倒的な破壊力を持つ一撃が直撃し、
ギシャァァァ！

――もくもくと立ち上るは、砂埃《すなぼこり》。

断末魔の悲鳴をあげながら、巨大ムカデは地に倒れ伏し――私は、見事に巨大ムカデを一撃で仕留める事に成功したのでした。

巨大ムカデを退治した私は、

「大丈夫でしたか、セシリアさん？」

「はい、助けていただきありがとうございます。マーガレットさんもこうして無事で――ローズウッド家の名において、この恩は必ず――」

「うんうん、そういうのはいいから――」

私は、シーッとセシリアさんの口を塞ぎます。

「セシリアさま〜！　無事で、無事で良かったですぅぅぅ！」

「ヘレナさん!?　あなたまで、どうしてここに!?」

「当たり前じゃないですか!!　セシリアさまを置いて、私だけがおめおめと生き残れる訳ないじゃないですか〜！」

びえーんと泣きながら、セシリアさんに抱きつくヘレナさん。

マーガレットさんまでもらい泣きしたように、わんわん泣きながらセシリアさんにしがみついています。

「二人とも、どうしてそこまで……？」

――こんな失態を晒したワタクシに、もう価値なんてないのに。

心底、不思議そうに呟くセシリアさんに、

「私がセシリア派に入ったのは、ただセシリアさまと一緒に居たかったからです。ご無事で何よりですぅぅぅ！」

「私もですぅぅ。だいたい失態なんて、いつも晒してるじゃないですか！」

「ちょっと!?」

「私だって、見返りなんて要りませんよ。ただセシリアさまの傍に居られれば、それで幸せなんですから……！」

「だいたい今のセシリア派に、見返りなんて期待できますか？　見返りを期待するならモンタージュ派一択ですよ——それでも私は、セシリアさまがいいんです！」

「それはさすがに酷くありませんこと!?」

思わずといった様子で突っ込むセシリアさん。

「ワタクシ、見えない何かに怯えたように突っ走って——ずっと、空回りしていたのかもしれませんわね……」

それからセシリアさんは、しみじみとそう言います。

そんな彼女たちを見て、私は改めて思った事がありました。

「私、派閥には入れませんが——セシリアさんとお友達になりたいです」

「ッ！」

フリーズするセシリアさん。

（私、何か変な事言いましたかね!?）

「も、もちろん無理にとは言いませんが！　それでもセシリアさんさえ認めて下されば——ほらっ、私、田舎育ちでこういうモンスターとの戦いには慣れてますし、健康ですからね！」

私が、慌てて言葉を重ねていると、

「………………よ、喜んで！」

とびきりの笑顔で。

セシリアさんは私の手を摑み、ギューッと強く握りしめてきました。

「あ、あの……私も！　私なんかがおこがましいかもしれませんが、私もセシリアさまとお友達になりたいです！」

そんなやりとりを見て、エリンちゃんまでそんな事を言い出します。

「も、もちろん大歓迎ですわ！」

「それと、フィアナちゃんの事は渡しませんからね！（ヒソヒソ）」

「はい、ですわ？」

ヒソヒソと言葉を交わすセシリアさんとエリンちゃん。

とても仲が良さそうで何よりです。

「それでは集合場所に戻りましょうか。皆、心配してると思います」

「はい！」

そうして私たちは、マティ先生たちが待つ集合場所に戻るのでした。

（やった、二人目のお友達です！）

内心、私は叫びださんばかりの喜びを抱いていました。

そうして意図せぬモンスターの襲来というイレギュラーはあったものの、スロベリア課外演習は無事終わりを迎えるのでした。


【アレシアナサイド】


特別演習が終わったある日の事。

自室で優雅に紅茶を嗜んでいた少女――アレシアナのもとに、

「アレシアナさま、助けて下さい！」

「そうです。私たちは、指示された通りに事を起こしました。約束通り、モンタージュ派――ルナシアさまに今回の件の取りなしを――」

二人の少女が駆け込み、そう喚《わめ》き散らした。

二人の名は、レイラとカトリーナ。課外演習でムカデの卵を孵化させてセシリアを狙った犯人である。

「えーっと、何の事でしたっけ？」

必死の訴えを前に、アレシアナは紅茶を机に置き、

「セシリアさんは、まだピンピンしてるじゃありませんか。これじゃあ、約束が違いますわ——あの方だって、何とおっしゃる事か」

二人の少女に、冷たい視線を送る。

「まあ、事件の黒幕として処断。殺人未遂は重罪ですわよ。可哀想に——中央にポストを用意するどころか、このままいけば鉱山刑ってところですかね？」

「「ヒィィ、お許しを——」」

ガクガクと震えあがるレイラたち。

「まあ、良いですわ。私たちは一蓮托生《いちれんたくしよう》——あの方には、私から口添えして差し上げますわ」

「「あ、アレシアナさま……！」」

「あなたたちが頼れるのは私だけ。だから安心して、私に身も心も捧げて？」

安心させるように、そう微笑むアレシアナ。

そう言いながらアレシアナは、密かに得意の闇魔法を発動させる。

精神汚染の魔法——忌むべきものと嫌われた禁術だ。

やがてレイラたちは、目をとろんとさせて人形のように棒立ちになった。その瞳には、すでに何の感情も浮かんでおらず、

「いつまでもここに居ては、怪しまれてしまいますわ。部屋に戻って下さいます？」

「『はい、アレシアナさま』」

アレシアナの言葉に従い、二人の少女は部屋を後にするのであった。

「さて……、作戦は失敗ですか。あの方への貢物、これで許してもらえますかね」

誰も居ない部屋で、アレシアナはそうぼやく。

これからするのは、失敗の報告。痛む胃を押さえながら、アレシアナは通信魔法の魔導具を、あの方——シリウス教頭に繋ぐ。

モンタージュ一派——その長であるルナシア・モンタージュは、とうの昔にシリウスの手により傀儡《かいらい》とされていた。

実質、この派閥をどう動かすも、シリウスたちの思うままであった。

「シリウスさま、報告が」

「どうしましたか？」

「作戦は失敗です。例の平民に妨害されました」

「そう、ですか……。また、あいつらですか——」

シリウスは、苦々しい口調でそう呻《うめ》く。

来たる日に備えて、学園ダンジョンで秘密裏に育てていた上級モンスターをフィアナたちに倒されてしまったのは、シリウスにとって忌々しい記憶であった。

「我が国に蔓延《はびこ》るガンの分際で――本当に、忌々しい事ですね」

誰にでも別《わ》け隔《へだ》てなく接する紳士――それは彼の偽りの顔であった。

シリウスは、特進クラスの平民であるフィアナとエリンを目の敵《かたき》にしていた。役に立たない魔導書の切れ端を渡してエリンの覚醒を遠ざけていたのは彼の策略であったし、フィアナが編入してこなければ、その策略通りエリンは退学になっていただろう。

貴族と平民の対立を煽《あお》り、融和派――有能なら血筋に関係なく重用すべきと考える勢力――の生徒を、自身と同じ純血派に染め上げた事もある。染まらない融和派の生徒は、秘密裏に排除してきた。

国を変えるなら教育から――シリウスは、その立場を十全に活《い》かしていた。

「シリウスさま。此度《こたび》の失敗に対して、ささやかなお詫《わ》びの品がございます」

「何でしょう?」

「使い潰せる駒を二体ほど」

「ふ~ん、あなたにしては珍しい贈り物ですね。まあ私にとっては、あなたも使い捨ての駒に過ぎないわけですが?」

「……ッ!」

怯えた様子で息を呑《の》むアレシアアナ。

その反応を楽しむように、たっぷり間をとりシリウスは、

「まあ良いでしょう。今回は大目に見てあげます」

「ありがとうございます」

アレシアナは、震えながらそう頭を下げる。

シリウスの基本理念は、純血至上主義――極端なまでのエリート至上主義だ。

恐怖で人々を押さえつける事を是としており、それ故に失態を犯した者には、身内であっても容赦のない制裁を加えた。

実際、彼の娘であるルナシアという生徒は、大派閥の長でありながら物言わぬ傀儡にされていたし、彼の手で〝失踪〟した者も大勢いる。

「次は良い報告を期待してますよ、アレシアナさん」

そんな言葉とともに通話が切られ、

「……冗談じゃない」

ギリリと唇を噛みしめるアレシアナ。

とはいえ当然、どこにも相談相手など居るはずもなく、

「準備を、進めるとしましょうか」

粛々と仕事に取り掛かるのであった。

幕間◆セシリア視点

Atoha presents
Illustration by Koin

ワタクシ——セシリアは、ローズウッド家の長女として生を受けました。

ローズウッド家は、かつては三大貴族家とも呼ばれた有力貴族であり、王族を陰で支える王国の中心的存在でした。もっとも権力争いで敗れて嵌《は》められたローズウッド家は、気がつけば中央から追いやられ、今では辺境に小さな領地を持つだけの弱小貴族に落ちぶれています。

お父さまの悲願は、かつての栄光をローズウッド家に取り戻す事。

魔力の才に優れていたワタクシは、幼い頃から厳しい修練を積んで、魔法の腕や貴族令嬢として必要な英才教育を受ける事になりました。

「セシリア、よく頑張ったな。おまえは私の自慢の娘だよ」

「えへへ、当然ですわ！　これからもワタクシ、セシリア・ローズウッドにお任せあれ！」

結果を残した時だけ、お父さまはワタクシを名前で呼んでくれました。

お父さまに喜んでほしくて、ワタクシはますます完璧を目指しました——そんな経験は、利用価値を示さないと、誰からも相手にされないという強迫観念に繋《つな》がっていきました。

やがてエリシュアン学園に通う年齢になりました。

長年の努力のおかげか、ワタクシはどうにか特進クラスに入る事ができました。

学園での目的は、まずは自らの派閥をまとめ上げて、有力貴族との繋がりを作る事。お父さまは、最終的には私が王族に嫁ぐ事を望んでいました。

「ワタクシの派閥に入れば、将来をお約束いたしますわ！」

ローズウッド家が栄えていたのは、所詮は昔の事。

社交界と縁のなかったワタクシは「派閥ってどうやって作るのかしら？」なんて頭にハテナを浮かべながら、それでもピリピリした毎日を送っていました。

「ワタクシの目の黒いうちは、目の前でイジメなんて許しませんわ!!」

「そんなところに一人でいないで。ほら、こっちに来て一緒に食べませんこと？」

「「セシリアさま～！」」

（派閥って、これでよろしいんですの？）

（なんか違う気がしますわね!?）

どうにか派閥のメンバーを二人増やし、ワタクシは日々の学園生活を謳歌《おうか》していました。


そんなある日の事。

地方出身の平民が、我が校に編入してきました。

「好きなものは新鮮なドラゴンの丸焼きです」

「もし狩りに行く人は、是非誘って下さいね」

嫌味な試験官マティをぶちのめし、見事に編入を果たした天才少女。

おまけに挨拶では、そんな突拍子もない事を言い放つのです――最初はローズウッド家のために取り込みたいという打算が大きかったのですが、だんだん突拍子もない行動から目を離せなくなっていきました。

だから何度断られても、派閥に誘い続けましたし……、

「き～！　なんでワタクシの誘いを断って、エリンさんを選びましたの!?」

その事実は、少なからぬショックをワタクシに与えました。

あの子にとって価値のあるものを与えられなかったせい――頭では分かっていましたが、それを認めたくはありませんでした。実際、ワタクシから貴族の地位と魔法を除けば、そこには何も残りません――だとしてもローズウッド家の人間として、それを認める訳にはいかないのです。

そうこうしているうちに、スロベリア課外演習の日がやって来ました。

突貫で組んだメンバーを上手《うま》くまとめられず、ワタクシは自らの不甲斐《ふがい》なさを呪います。

勝負でフィアナさんに勝つどころか、最後には突然現れたモンスターに後れを取って、絶体絶命のピンチに陥る羽目になりました。

（最後まで付いてきて下さった二人の事は、命に代えても逃がさないといけませんわね）

ムカデ型のモンスター――それは幼少期のトラウマを刺激してきます。

戦わないといけないのに。こんなところで失態を見せる訳にはいかないのに。

そう思っていても、過去の記憶は消えてくれず、

「い、いや――」

ワタクシは、杖《つえ》を取り落としてしまいます。

――そこに助けに入って来てくれたのが、フィアナさんでした。

「今のワタクシに助ける価値なんてありませんことよ？」

ああ、ワタクシは助けてくれた恩人に、なんていう言葉を吐いているのでしょう。

虫を前にすると、精神が乱されてまともに戦えなくなる事――魔法使いとしては、知られただけで瑕疵《かし》になる致命的な欠陥でした。絶対の秘密を知られてしまい、ワタクシは世界の終わりのような絶望を抱いていましたし、やけっぱちになっていたのでしょう。

そんなワタクシの価値観をふっとばすように、フィアナさんは言ってくれたのです。

「助ける価値なんて誰が決めるんですか？」

と。見返りなんて堅苦しい事は求めない――ただ助けたいから助けるのだと。

それは、ワタクシの幼少期からの価値観の根幹を吹き飛ばすような言葉で、

（ああ。求められていたのは、そういう事ではなかったんですわね――）

思えば皆、最初からずっとそう言ってくれていたというのに。

ワタクシは今まで、常に相手に与えられる利益を追求して生きてきました。それを提示し、それを魅力に思ったものだけが、打算で近づいてくるものだと――だって、利用し合うのが貴族社会ですから。

それだけの世界は、たしかに殺伐としているのかもしれませんね。

「私、派閥には入れませんが――セシリアさんとお友達になりたいです」

本当は、ローズウッドの名前以外を見てほしかった。

利用価値も、魔法の腕もすべて投げ捨てて、そんな自分と向き合ってくれる人と、ただ友達になりたかった――ワタクシはそう思っていたのかもしれません。

同時にそれらの大切なものは、とっくに手に入れていたものでもあり、

「…………よ、喜んで！」

ワタクシの答えに、ふにゃりとだらしなく笑うフィアナさんは――素直で、好ましくて、美しい。

そして、あまりにも危なっかしいのです。

その危うさに気がついているから、エリンさんはフィアナさんにべったりしている――なんていうのは、考え過ぎでしょうか。

（大切なお友達――ワタクシも厄介事から、しっかり守ってあげないといけませんわね！）

危なっかしい友人を見ながら、ワタクシは密《ひそ》かにそう決意するのでした。

四章 ❤ フィアナ、期末試験に挑む！

Atoha presents
Illustration by Koin

ある日の放課後の教室にて。

「た、た、た、た、大変です～!!」

私――フィアナは、エリンちゃんとセシリアさんに泣きついていました。

「どうしたんですの？」

「うん、まずは落ち着いて」

スー、ハーと深呼吸。

担任のティア先生の悪魔の宣告を思い出し、

「もうすぐ期末試験がやって来てしまいます～!!」

私は、そう悲鳴をあげるのでした。


誰もが避けられない試練――それが学期末にある期末試験なのです！

おまけにティア先生が言うには、

「期末試験の成績不振者には、補講があるらしいんです。せっかくの夏休みが、せっかくの夏休みが――補講漬けに～!!」

「フィアナちゃん？」

涙目で叫ぶ私を見て、

「授業中に寝てるからです。補講、一緒に受けよ？」

「エリンちゃ～ん!?」

エリンちゃんは、天使のような顔でバサリとそう切り捨てます。

「いいもん、いいもん。テストなんて知りません――この学園は実技がすべてだって、エレナ学園長もそう言ってましたもん！」

「はいはい、馬鹿な事言ってないで勉強しますわよ！」

教室から脱走しようとする私をむんずと掴《つか》み、セシリアさんは私をズルズルと図書館に引っ張っていくのでした。

＊＊＊

数分後。

私の前には、うずたかく参考書の山が積まれていました。

「うう、助けて下さい。アル爺、お母さん――（魂が抜けた顔）」

「頑張りましょう。眠くなったら、私が奇跡で起こしてあげますからね」

にっこり笑顔で、恐ろしい事を言うのはエリンちゃん。

聖女の奇跡の無駄遣い――これで何日でも徹夜で勉強ができますね！

絶対に、嫌です!!

同じ平民だし、エリンちゃんも勉強は苦手なはず、と失礼な期待をしていました。しかし蓋を開けてみれば、コツコツ努力家なエリンちゃんは座学の成績はトップクラスであり、

「うわ～ん！　裏切り者～！」

「……？」

思わずそう言ってしまう私です。

「ねえ。エリンちゃん、もうすべて忘れてクエストに行こ？」

「そんな目をしても駄目。来年もフィアナちゃんと一緒の学年になるため――私、心を鬼にして頑張るよ！」

「ヒーン!?」

私が、エリンちゃんにビシバシしごかれていると、

「セシリアさま、学習書持ってきました！」

「ヘレナさん、マーガレットさん、ご苦労さまです！」

「そ、そこの二人――助けて！」

「大丈夫です。セシリアさまの地獄の合宿にかかれば、赤点ギリギリの私たちですら成績上位者の

常連になれましたから！」

「地獄の合宿⁉　待って、それって何が――」

「あれは……、嫌な事件でしたね」

「気になるんですけど⁉　ねえ、すっごく気になるんですけど～⁉」

私がギャーギャー騒いでいると、

「あのぉ、他の生徒の迷惑になるのでお静かに――」

「はい……」

司書の先生に叱られてしまい、私はひっそり教科書に視線を戻し、

「『起きて下さい（まし）⁉』」

「スピー、スピー」

う～ん、う～んと悪夢にうなされるのでした。

＊＊＊

そうして時は進み、あっという間にテスト前の最終週になりました。

テストへの対策期間は、土日を残すのみ。来週の頭から、いよいよ怒濤《どとう》の試験ラッシュが始まってしまいます。

テスト対策の進捗は――絶望的です！

六〇点が合格ラインのテストで、予想問題で私の点数は三〇点ぐらい。

これでも〇点から三〇点なので、大いなる進歩ですね！

「こうなったら、せめて予想問題集だけでも完全暗記を――」

「フィアナさんを別荘に幽閉して、四八時間みっちり基礎から叩《たた》き込めば今からでも――」

ぶつぶつと据わった目で、何かを呟《つぶや》くエリンちゃんとセシリアさん。

付きっきりで勉強を見てくれている二人には申し訳ないと思いつつ、これ以上は、もう私の精神が持ちません！

「い、息抜きも。こういう事は、息抜きだって大事だと思うんです！」

「息抜き？」

「はい、大食い大会でも言うじゃないですか。食べ終わった後は、消化のためにも適度な運動が大事だって――それと同じです！」

「まったく違う気がしますが」

セシリアさんが、ぱちくりと目をまたたきます。エリンちゃんは、そっと参考書を私のテーブルに追加しました。

しかし助け舟は、意外な方向からもたらされました。

「セシリアさま、私も息抜きは大事だと思います」

「同意見です。何事でも、集中力には限界がありますからね」

「十分、休んでると思いますわよ?」

「それはセシリアさま基準ですわ」

ヘレナさんたちも、そうセシリアさんを説得してくれます。

彼女たちも元々成績は合格ギリギリの駆け込み組であり、私とも近い感性を持っています——ただし現在の点数は、遥《はる》かなる高みにいますが。

「そうだ! エリンちゃん、お泊り合宿しましょう!」

「お泊り合宿?」

「はい。二人で近くの宿に泊まって、息抜きしながら勉強するんです!」

分からないところがあればすぐに教えてもらえるし、実技試験対策なら私も協力できます。きっと効率がいいはずです——私は、身振り手振りを交えてそうアピール。

決して、お泊りで遊びに行きたいだけ……、なんて事はありません!

「お泊り!」

「昼間は、パーッと街に遊びに行きましょう!」

「お勉強もちゃんとしないとダメですよ?」

「ま、まあ? そんな日もあるって事で!」

「遊ぶ気まんまんじゃないですか。あっちゃダメです——」

ジトーッとした目で、こちらを見てくるエリンちゃん。

「えーっと、えーっと——」

そんなやり取りをしていると、セシリアさんが何やらソワソワしていました。

そわそわ、そわそわ、と口を開けては閉じてを繰り返し、

「あ、セシリアさんもどうですか？」

「フィアナちゃん、さすがにお貴族さまを平民の安宿に招くわけにはは——」

「行きます、行きます、行きます——行きますわ!!」

セシリアさんは、ものすごい勢いでコクコクと頷《うなず》き、

「それじゃあ明日、時計塔の下に集合しましょう！」

そう約束して、私たちは解散するのでした。

＊＊＊

翌日の朝。

（真っ青な空——絶好のお出かけ日和です！）

パチリと目を覚ました私は、そのまま城下町に繰り出します。

ワクワクして三〇分ほど早く目的地に到着してしまった私でしたが、

「遅いですわ！」

「あれ、フィアナちゃんももう着いたんですね！」

エリンちゃんとセシリアさんは、当たり前のように先に到着していた様子。

セシリアさんの目には、薄《うっす》らと隈《くま》ができており、

「セシリアさん、あんまり寝られなかったんですか？」

「なっ!?　そんな事、ありま――」

「えへへ、私もです」

勝負ごとならまだしも、この三人で出かける事はありませんでしたからね。

「フィアナさん、あなたは本当に――」

セシリアさんは、毒気を抜かれたようにそうため息をつき、

「それじゃあ行きましょう！」

「「おー！」」

私たちは、城下町の散策を始めるのでした。

王都レガリア――そこは、二〇万もの人が暮らす大都市です。
マーブルロース王国には、大陸中から様々なものが集まってきています。中でも王都には、各地から様々なものが流入しており、自《おの》ずと流行の発信地としても機能していました。

人間以外の種族が王都で商いを始める事もあるようで、

「ねえ。向こうで売ってるのって、ハニカム・メロディースじゃありません？」

セシリアさんが、興奮した様子でとある屋台を指差しました。

それは大通りから少し外れた場所にある小さな屋台であり、看板にはでかでかと「これ一本で、エルフの魔法が使える！……かも？（超小文字）」と書かれていました。

見るからに胡散臭《うさんくさ》い印象を受けましたが、

「やっぱり、これはエルフ印のハニカム・メロディースの新作ですわ！」

「はにかむ・めろでぃーす？」

ぽかんとする私に、

「フィアナさんは、こういう事には疎いんですわね。良いですこと？　ハニカム・メロディースというのは、王都で新進気鋭の魔導具ブランドで――」

「私も聞いた事がある。なんでも精霊に好かれやすい鉱石で作られたアクセサリだとか――」

エリンちゃんも、そう補足してくれました。

精霊魔法の難しさは、ルナミリアで身をもって知っている私です。聞くだけで胡散臭いと思う私でしたが、セシリアさんはすっかり信じ込んでいる様子。

一応、アクセサリに精霊の加護を与えて、キーフレーズを唱える事で精霊魔法を発動させる技術も存在すると聞いた事はありますが、

「セシリアさん、ちょっと待ってて下さいね？」

いわばそれは技術の集大成。

こんな王都の裏通りの露店に、ポンと並んでいる筈《はず》がありません。

（十中八九、偽物だと思います）

（私のお友達を騙《だま》そうとするなんて——絶対に許せません！）

詐欺師には天罰を！

私は、ツカツカと屋台に近づきます。

お店には、複雑そうな魔法陣を刻んだいかにも怪しげな御札《おふだ》が大量に並んでいました。私が、魔導具を物色するフリを始めると、

「お嬢ちゃんは、精霊魔法に興味があるのかい？」

「はい、ものすごく！」

店主が、にこやかにそう話しかけてきました。

私たちの服装から、エリシュアンの生徒である事を察したのでしょう。大方、貴族のカモたちがネギを背負って飛び込んできた——なんて思っているのでしょう。

「お嬢ちゃんは、何の精霊を使いたいんだい？」

「光か闇を使いたいです！」

「なるほど。じゃあ、こちらのブラックオニキスや、ダイヤモンドがおすすめだね」

薦められるままに値段を見て、

（き、金貨一〇〇枚！）

前世換算、一〇〇万円相当といったところでしょうか。

強力な精霊魔法を、本当に使えるようになるなら安いところでしょうが、

「おばさん、この宝石の産地はどこですか？」

「へ？　産地？」

「はい！　私、エルフの友達がいるのですが、精霊魔法を宿すときは、必ず宝石の産地と契約精霊を記すのが義務になっていると教わりました！」

――半分は嘘《うそ》です。

それはエルシャお母さんの友達であるドワーフの鍛冶師の言葉です。

精霊魔法を宿したアクセサリ――その神秘は、エルフとドワーフの二種族が力を合わせて、初めて形になる秘奥そのものとの事で、

（大変なんですよ、アレ！）

（あくどい詐欺師の金儲《かねもう》けに使われるのは、ちょっと気に食わないですね）

ルナミリアで、アクセサリ作りを手伝った事がある私なのです。

「えーっと、産地っていうのはよく分からないけど……」

「なら契約精霊は？　微精霊ですか？　それともオリジン？」

「⁉」

これもエルフと取引した事がある人間なら、確実に答えられるはずの質問です。

ちんぷんかんぷん、といった様子の店主を見て、

「やっぱり、この魔導具は詐欺だったんですね！　よくも、私の大切なお友達を騙そうとしてくれましたね！」

「い、言いがかりも甚だしい！　この商品が偽物だって証拠は？」

「今はありませんけど――いいんですか？　騒ぎになれば、〝本物の〟ハニカム・メロディースさんに検査してもらう事になるかもしれませんよ？」

私は、不敵にそう笑います。

「お、何の騒ぎだ？」

「ここで売られてるアクセサリが偽物だって、ここのお嬢ちゃんが――」

「ッ！　この子、エリシュアンの魔王って噂《うわさ》の！」

「そ、それは人違いかと！」

思わず律儀に突っ込む私です。

騒ぎを聞きつけて、続々と屋台の近くに人が集まってきていました。中には冒険者として活動する中で顔見知りになった人もおり、

「く、くそっ。覚えてやがれ！」

本当に検査が入る事になれば、困った事になるのでしょう。

詐欺店のオーナーは、捨て台詞《ぜりふ》とともに一目散に逃げ出していくのでした。


「す、凄《すご》いですわ！　一目見て、あれが偽物だと見抜くなんて！」

セシリアさんは、興奮した様子でそう言います。

「まさか、魔導具の目利きまでできたとはな！」

「あっぶねえ、うっかり騙されるところだったぜ！」

「裏通りのお店は、あんまり検査が行き届いてないしなあ――」

冒険者たちも口々に、そんな事を言い合っており、

「えへへ。ちょっと故郷に、エルフに詳しい知り合いがいたので――」

「はあ、エルフに詳しい知り合いですの？　フィアナさんの故郷、いったいどんな場所ですの？」

そう聞かれて、私の脳裏に真っ先に浮かんだのは、

「う～ん。ドラゴンがよく獲れる場所……、ですかね？」

「そんな場所、聞いた事がありませんわよ!!」

――セシリアさん迫真の悲鳴が、王都に響き渡るのでした。


その後も、私たちは王都の中を散策します。

様々な人が行き交う中、

「あっちの方から良い匂いがしますね！」

漂ってくる懐かしい匂いに負け、私は屋台にスーッと吸い込まれるように向かいます。

（焼きたてのクレープ――懐かしい匂いです！）

それは王都にたどり着いた直後に、私が食べたクレープの匂いでした。ふんわり漂う甘い匂いに導かれた私は、やがて見覚えのある屋台に辿《たど》り着きました。

「あ、あなたは！」

「えへへ、お久しぶりです！」

「驚いた。まさか本当にエリシュアンに受かるなんてねぇ」

「えへへ、運が良かったんです！　お姉さん、クレープを三つお願いします！」

そんな雑談を交わしながら、私は出来たてのクレープを受け取ります。

相変わらずフルーツたっぷりで、生クリームもほどよい甘さで最高の逸品です。

「二人も一緒にどうですか？　ここのお店、とってもオススメで――って、あれぇ？」

私は、後ろを振り返り、

（あっ……）

ようやく二人が付いてきていない事に気がつきます。

（しまったぁぁぁ！）

（食べ物の匂いに釣られて、はぐれちゃいました！）

サァッと青ざめる私を見て、クレープ屋のお姉さんは苦笑します。

こんな時に携帯電話でもあれば便利なのですが、当然、そんなものを持っているはずもなく、

（どうしましょう!?）

途方に暮れる私です。

皆、王都での迷子には、どう対処しているのでしょう。

（こ、こうなったら拡声魔法を使って、大声で呼びかけてみましょうか）

（それとも片っ端から、聞いて回る？）

そう混乱する私の脳裏に、迷子になったらその場から動かず待ってなさい……なんて、エルシャお母さんの言葉が蘇《よみがえ》りました。

とりあえずクレープを抱えたまま、その場で現状維持を選んだ私のもとに、

「フィアナちゃん！」

「ようやく見つけましたわ！」

数分経《た》った頃、エリンちゃんたちが息を切らしてやって来ます。

「あ、シャドウローセのクレープ！」

「まさか本当に、食べものに釣られてたなんて――」

呆《あき》れ顔《がお》で、セシリアさんがそう呟きます。

一方のエリンちゃんは、ちょっぴり視線がクレープに吸い込まれており、

「はい。二人の分！」

「わあっ！」

「ありがとうございます。……って、そうじゃなくて！　いきなり王都で、消えないで下さいまし！」

能天気に笑う私を見て、セシリアさんはプリプリと怒るのでした。

「うっ、ごめんなさい。二人とも、どうやってここまで？」

「ふふん。エリシュアンの魔王を見かけなかったか、と、聞いて回ったんですわ！」

「うっ、聞きたくなかった真実です。というか噂が王都の皆さんにまで!?」

いよいよ深刻なレベルで、私の噂が広まっているみたいですね!?

私は、真顔になりつつ、

「そういえば、普通、王都では迷子になったりしたらどうしてるんですか？」

迷子センターみたいなものがある訳ではないでしょうし――そう首を傾《かし》げます。

「はぐれないのが何よりですが……、そうですわね。まずは衛兵の詰め所を覗《のぞ》きに行くのが良いでしょうか」

「なるほど……」

セシリアさんが、そう答えたところで、

「迷子――せっかくなので、位置把握の魔導具を贈り合うのはどう？」

エリンちゃんが、そんな事を言い出しました。

「位置把握の魔導具、ですの？」

「うん。互いにマナを通した魔導具を贈り合う事で、居場所が分かるようになる」

「便利そうですわね！」

「一つ持っておくと便利だって、本にも書いてあった。これでフィアナちゃんが、食べものに釣られてどこか行っちゃっても、すぐに見つけられるはず」

「何で私が、すぐ迷子になる想定なんですか!?」

前科があるから、まったく反論できません！

でも、良いアイディアな気がします。

迷子の事は置いておくとしても、

（アクセサリを選んで、お互いに贈り合うなんて――最高に青春してます。素敵です！）

「良いですね、やりましょう!!」

「うわっ、妙に食い付いてきますわね!?」

目を輝かせる私に、引き気味のセシリアさん。

「「クレープ、美味《おい》しかったです（わ～～）!!」」

「またのご利用をお待ちしております。後、フィアナちゃんは、食べ物の匂いに釣られて迷子にならないように！」

「お姉さんまでッ！」

ヒラヒラとクレープ屋のお姉さんに手を振りながら、私たちはアクセサリ屋に向かって歩き出すのでした。


クレープ屋を離れた私たちは、商業通りにある魔導具ショップを訪れていました。

メインストリートにある由緒正しきお店で、どこぞの詐欺店とは違ってしっかり効力のある商品が並んでいます。

「今日は、何をお探しでしょうか？」

「はい！　お友達と贈り合うために、アクセサリを買いたいです！」

〝友達〟を強調してアピールする私。

言葉にするだけで、なんとも素敵なシチュエーションなのです。

「エリシュアンの生徒さんたちですね。なら、こちらのブランドはいかがでしょう？」

そう言いながら店員さんは、私たちをブローチの前まで案内してくれました。カラフルなアクセサリで、キラキラとした存在感を放っています。

パッと目を輝かせる私たちですが、

「ふえぇ、金貨四八〇枚……」

（そんなにあれば、クレープ食べ放題です！）

前世換算、四〇〇万円超え――高級車が買えそうな値段ですね!?

私とエリンちゃんは、アカン……、という気持ちで顔を見合わせます。

「高価な魔導具は、それぐらいするものですわ。……ワタクシたちには、逆立ちしても手が出ませんわね――」

スパッと見切りを付けるのは、庶民派お嬢さまことセシリアさん。

「て、店員さん！　このお店で、一番安いアクセサリは――」

「こちらにあるプロトシリーズが金貨四〇枚ほどで、それが一番お求めやすくなっているかと――」

「「「お邪魔しました――」」」

……撤退！

金貨がポンポン飛び交う王都、怖いです!!

意気消沈したまま店を出ようとした私たちを見て、

「も、もし施術を自分たちでできるなら、格安で譲るって事も――」

店員が、そんな事を言ってきました。

「施術を自分たちで？　そんなのドワーフの国に留学して、長年の修練を積んだ専門家ぐらいしかできないじゃないですの。いくらフィアナさんでも――」

「魔法陣を刻むアレですよね？　少しはできますけど……」

「あ、できるんですわね――」

遠い目をするセシリアさん。

その後、店員さんがアクセサリをいくつか持ってきてくれました。今度は、冒険者として活動していた時の報酬で、ギリギリ支払えるぐらいの値段であり、

「これとかどうですか、エリンちゃん？」

私たちは、早速贈り合うためのアクセサリの物色を始めます。

私が選んだのは、エリンちゃんの深翠《ふかみどり》の瞳にそっくりの色合いをした水精霊の装飾具でした。

花より団子を地で行く私なので、センスの欠片《かけら》もないと思うのですが、

「わあ！　フィアナちゃんが選んでくれたものなら、どんなものでも嬉《うれ》しい！」

「フィアナさん、ワタクシも。ワタクシも選んでほしいのですわ！」

セシリアさんが、ずいずいと私の服を引っ張ります。

じーっと期待した目で見つめられ、

「セシリアさんには……、これとかどうでしょう？」

私が手に取ったのは、妖精をかたどった碧色《みどりいろ》の装飾具――セシリアさんの瞳の色と同じものです。

陽気で突拍子もない感じが、セシリアさんのイメージにピッタリなのです。

「ありがとうございますわ！　一生、大切にしますわ！」

「えへへ、大袈裟《おおげさ》ですよ。えっと、二人からも――」

そうして最後は、私が選んでもらう番。

エリンちゃんとセシリアさんは、あーでもない、こーでもないと言い合いながら、商品を吟味していました。やがて、一つを手に取ると、

「フィアナちゃんは、私にとっての太陽ですから」

「あなたとの出会いに感謝を。フィアナさんのおかげで、ワタクシたちの人生は変わりましたわ」

選ばれたのは、太陽をモチーフとした装飾具でした。

（それを言うなら――私もです）

エリンちゃんが居なければ、私は未《いま》だにぼっち道を歩んでいたかもしれません。セシリアさんが居なければ、貴族という存在に偏見を持ったままだった事でしょう。

「そうだ！　せっかくなので、つけ合いっこしましょう！」

「いいですわね！」

「なら、フィアナちゃんのブローチは、私が着けます」

「いいえ、ここはお世話になってるワタクシが！」

そんなひと悶着《もんちゃく》もありながら、

（お友達と、放課後の街歩き――最高です！）

王都での一日が過ぎていくのでした。

そうして日が沈みはじめた頃、

「……あれ？　何か、忘れてませんこと？」

「あ、テスト勉強――」

ポンと手を打つ私たち。

静かな沈黙が広がり――私は、ずるずる引きずられるように宿に連れて行かれ、

「直前にジタバタしても結果は変わりません。人生、諦めが肝要だと思うんです！」

「明日は一日、みっちりとお勉強です（わ）！」

「ヒィィィィ！」

深夜の宿に響き渡るのは私の悲鳴。

そうしてテスト前最後の週末は、どたばたと過ぎていくのでした。


【？？？サイド】

緊張した面持ちの少女二人が、王都の中をひっそりと歩いていた。

名前は、カトリーナとレイラ――スロベリア特別演習で、セシリアを嵌《は》めようとムカデをけしかけた少女たちである。

「アレシアナさまも、随分と無茶を言いますわ」

「まったくです。あの人間の弱点を探ってこいなんて――」

カトリーナたちは、フィアナの弱点を探れとアレシアナに命じられていたのだ。

フィアナをこっそり尾行しながら、カトリーナたちは真顔になる。見ている目の前で、フィアナが精霊魔法のかかったアクセサリの真贋《しんがん》を暴き出したからだ。

弱点どころか、完全無欠ぶりがますます明らかになる始末。

「ねえ、フィアナさんの故郷って――」

「考えるのはやめなさいレイラ。私たちは役目を果たすのみよ」

故郷について聞かれ、笑顔でドラゴンがよく獲れる場所――などと、フィアナはあっけらかんと言い放つ。

その言葉は、普通に考えるなら、ただの冗談なのだが……、これまでのフィアナの行動を振り返れば、ひょっとしたらひょっとするのかもしれない――なんて考えてしまう二人であった。

「弱点、弱点――」

「お勉強が苦手なのは事実みたいですが……」

「とは言えそれは皆が知ってるわ。正直、だからどうしたって話なんですよね――」

なにせ本人が、大の勉強嫌いを公言しているのだ。

授業中、スヤスヤと眠るフィアナの事を起こすエリンの姿は、きっと何人ものクラスメイトが目撃している事だろう。

弱点、それは暴かれて困る秘密でなくてはならない——例えばセシリアの「虫嫌い」のように。


なんの成果も上げられぬまま、時は過ぎていく。

分かった事と言えば、王都レガリアの中でも、フィアナの知名度はすっかり上がっているという事実ぐらいで、

「ねえ、たぶんフィアナさんに弱点なんて——」

「考えるのはやめなさい、レイラ。私たちは役目を果たすのみよ」

ヒソヒソとそう言い合う二人であったが、

「ねえ。あの三人、とても仲が良いと思いませんこと？」

「それがどうしたと——あっ！」

「そう。見て下さいまし、あの幸せそうな顔——固い友情。それ自体は素晴らしい事ですわ——だけどもそれは、時として弱点になると思いませんか？」

悪い顔で笑うカトリーナ。

その推測は、実のところ的を射ており、

「つまり、フィアナさんを倒す鍵は――」

「人質。これに間違いありませんわ」

そう結論を出す二人であった。


学園に戻り、カトリーナたちは速やかにアレシアナに調査結果を報告する。

実のところアレシアナは、大して期待していなかったが、

「なるほど。人質ですか――」

自信満々に告げたカトリーナを見て、アレシアナは思案を巡らせる。

友情――実のところアレシアナにとって、それはまるで理解できない感情だった。

他人とは、所詮はどこまでいっても他人。利用するか、利用されるか――それだけの存在だ。そんな他人のために、自身を危険に晒《さら》すなどあり得ないのだ。

「アレシアナさま、どうかあの方に口添えを！」

「分かっておりますわ。これであの方は、あなたたちを重用して下さるはず――貴重な情報、感謝しますわ！」

アレシアナは、カトリーナたちを安心させるようにそう微笑《ほほえ》む。しかし退室していく彼女たちを見るアレシアナの瞳は、ひどく冷ややかであった。

「果たして、あの方がこれで満足して下さるか――」

とはいえ他に弱点らしい弱点が思いつかなかったのも事実。

アレシアナは部屋にあった魔導具を操作し、教頭に通話を繋《つな》ぐ。

そうして、一部始終を報告したところで、

「人質、ですか――」

教頭の第一声は、感情の読めないそんなもの。

やっぱり駄目か――こんな下らない情報。こんなものを報告するぐらいなら、まだ別の弱点をでっちあげたほうがマシ――そんな冷めた感情を抱くアレシアナとは裏腹に、

「なるほど、面白いですね」

教頭の反応は、そんなもので。

「面白い、ですか？」

「ええ。世の中にはね、本当に友情こそが第一だと信じる愚か者がいるのですよ。友情、努力、勝利――そんな素敵な未来を、本気で信じるカモがね」

「はあ……」

ピンと来ない様子で頷くアレシアナ。

「君もね。覚えておくと良い――世の中には、二種類の人間しかいない。利用するやつと、利用されるやつ――もっとも君は、もう手遅れかもしれませんけどね」

「ええ、そうですね」

「良い子です。病気の妹を助けたければ、君は、黙って私に従うしかないのですから――せいぜいこれからも、私の役に立って下さいね」

「…………はい」

シリウス教頭は、上機嫌でそんな事を言い放つ。

「例の計画は、予定通りエレナ学園長不在のテスト中に実行します。君の方も、準備をしっかり進めておくように」

「かしこまりました」

アレシアナは、無表情のまま頷くのであった。


そんな密約が交わされている事など知る由もなく、

「大変です!?　寝たら綺麗《きれい》サッパリ、歴史の記憶がありません!!」

「なんで、そんな清々《すがすが》しい顔をしてますの!?」

「寝たら忘れる……。なら解決策は簡単？　寝なければいい」

「エリンちゃん、落ち着いて!?　なんで杖《つえ》を取り出したの!?」

とある宿では、そんなやり取りが行われていたとかいなかったとか。

【フィアナサイド】

そうして楽しい週末が終わり、ついに期末試験の日がやって来てしまいました。

前日まで、お友達とテスト対策合宿までやって、これで準備は万全！……かというと、勿論《もちろん》そんな事はなく――、

「ゴミを無くそうレガリア遷移、五三七年！　ええっと、次は……」

「その意気ですわ！」

「うぅ、話しかけないで。頭から年号が飛んでいく――」

エリンちゃんお手製の暗記ノートを抱えて、私は、う～んと唸《うな》っていました。

（ここまでしてもらって、落第なんてなっては顔向けできません！）

（今の私は、年号を覚えるだけのマシーン！）

机の周りに集まる私たちを見て、

「騒がしい――」

教室に入ってきたアレシアナさんが、眠たそうな目でそう言い机に向かっていきます。

その目元には見間違いでなければ、微《かす》かな隈ができており、

「アレシアナさんも一夜漬け仲間ですか!!」

謎のシンパシーを感じて、話しかける私なのです。

「え？　いえ、違うけど……」

「残念ながら、アレシアナさんは学年でも常に一位の超エリートですわ。……あなたが、そんなに疲れた顔をしてるのは、珍しいですわね」

「放っておいてちょうだい」

私たちが話しかけると、露骨に迷惑そうな表情で顔を逸《そ》らされてしまい、

「すみません、お邪魔しました――」

私は、すごすごと席に戻るのでした。


そうして、ついに試験の時間になりました。

（やります！）

目指すは、合格点。

なんとしてでも夏休みを死守するのです！

腕まくりをして、気合いとともに答案用紙と向き合う私ですが、
ガラガラガラガラ！

教室の扉が、乱暴に開け放たれました。さらには扉から、覆面を被《かぶ》った大勢の人間がなだれ込んできます。

「この教室は、我々、スカーレットムーンが占拠する!!」

覆面の男は、自信満々でそう宣言しました。

（い、いったい何事ですか!?）

覆面男たちは、手に魔法銃を持っています。

どうやら魔導具の一種で、本当に弾を射出できるようで、

「な!?　これは、いったい何の――」

「黙って手を上げろ！　撃ち殺されたいか!!」

困惑した様子の教師に、リーダー格の男が威嚇射撃を一発。魔法銃の威力は本物のようで、一撃で簡易結界が張られた窓ガラスをぶち破りました。

「「「キャー!?」」」

悲鳴が上がり、たちまち大恐慌に陥る教室内。

「な、なんですかあなたたち。ここは王立魔法学園、こんな事をして――」

一人の生徒が、我に返ったようにそう立ち上がりましたが、

「おっと、下手な事はしない方がいい。すでに学園には、魔封じの結界が張ってある――お前たちは袋の鼠《ねずみ》も同然だ」

「おい、人質を傷つけるなよ。一人一人が、大切な金蔓《かねづる》なんだからな」

悔しそうに唇を噛《か》む少女。一方、リーダー格の男が、銃をこれ見よがしに見せびらかす仲間を、そうたしなめました。

そんな一連のやり取りを見て、

（こ、これは――テロリストが襲撃してきて、有耶無耶《うやむや》にしちゃえ大作戦！）

（なんて、大胆な!!）

私は、感動に打ち震えていました。

たぶんこの人たちは、テストが嫌で嫌で仕方がなかったのでしょう。たしかにテロリストが銃を持って押し寄せてくれば、テストどころではありませんからね。

（私も少しだけ考えた事はありますが、まさか本当に実行に移す人がいるなんて！）

私がそう判断したのには、いくつかの理由がありました。

まず本物のテロリストにしては、あまりに動きが素人過ぎるからです。魔導具頼りな時点でナンセンスですし、魔法銃を構える動きも隙だらけです。

（う～ん、どうしましょう――）

テロリスト役の生徒は、全部で五人ほど。

その気になれば一〇秒で制圧できそうですが、私は動きを決めかねていました。

（気持ちは分かる……、とってもよく分かります！）

（テストなんて、この世から消え去ってほしいですよね！　このままテロリストごっこに乗っかっちゃいましょうか。……でも、テスト勉強頑張りましたし、やっぱり現実逃避だけじゃなにも生みません。ここは涙を呑んで、前を向いて進まないと――）

悩ましい葛藤です。

そうこうしているうちに、私たちは教室の壁際に集められていました。

銃を構えた男が教室を闊歩《かっぽ》するその光景は、まさしく久しぶりに感じる非日常そのもの。覚えていた年号たちは、スポーンと頭から飛び立ってしまいました。

「こちら、チームイプシロン。特進クラスの制圧を終了——指示を求む」

（わぁ、随分と本格的です！）

もはや今からテストをされても、碌《ろく》な結果にはなりません——そんなこんなで、私は状況を見守る事にしました。

テロリスト役の生徒たちの行動は機敏で、今日のために練習してきた事を窺《うかが》わせます。

誰かと通話していたテロリストリーダーの男は、

「この中に、フィアナという者はいるか？」

「へ？」

——まさかの私を指名してきたのでした。

（へ？　ストライキに私も巻き込もうとしてるの!?）

（テストを有耶無耶にできるなら、あり……？　いやいやいやいやいや、せっかくセシリアさんとエリンちゃんが、勉強教えてくれたのに！）

そんな葛藤も一瞬の事。

私は、最終的にその言葉に乗っかる事にしました。

「私が、フィアナです！」

理由は、その方が楽しそうだったから。

せっかく健康な身体《からだ》を手に入れたのです――テロリストごっこなんてしてないで、現実を見ようなどと諭すのはナンセンス。お祭りは、全力で楽しんでなんぼです。

「「なっ!?」」

「フィアナさん、なんで名乗り出ちゃうんですか……」

「そうですわ。もしかすると敵の狙いは――」

立ち上がった私に驚きの声を上げたのは、エリンちゃんとセシリアさんでした。

二人まで、そんな演技を始めたので、

「狙いは私ですか？」

「ほう、随分と勇気があるじゃないか」

「それほどでも。私が狙いなら従いましょう――その代わりクラスメイトには、絶対に手を出さないで下さいね」

ノリノリで、テロリストごっこに便乗する私。

「やけに余裕だな。まさか俺たちが本気でないとでも？」

「まさか。こんな大それた事をする勇気に敬意を――いくら私でも、ここまでするとは考えてもみませんでした」

もし失敗すれば、下手すれば退学になるんじゃないでしょうか。

それともエリシュアンでは、生徒の自主性を重んじて、こういう形のテスト対策も認められているのでしょうか？　それなら私は、次回からは毎回テロを起こします。

「何をニコニコしてやがる。くそっ、不気味なやつめ」

「そ、そう怒らないで下さい。ちゃんとやりますから！」

私は、両手を差し出します。

テロリストの男が、私の両手をぐるぐると縛り上げました。何人かの男が私に銃を突きつけ、そのまま私は教室前方に連れて行かれます。

簡単に言えば、人質役です。

「今回の事は、随分と前から計画していたんですか？」

「ああ。腐ったこの国を変えるには、多少の痛みは必要。あの方に付いていけば、必ずこの国は良い方向に向かっていくはずだ」

私の疑問に、そう答えるリーダー風の男。

（ふむふむ。そこの設定までちゃんと作り込んでるんですね！）

私は、感心して頷きます。

「ふん。しかし国が誇るエリートの集団といっても口ほどにもないな。こんなにアッサリと制圧できるとは――国の未来が不安になる」

「軽口を叩くな。おまえたちは、こいつらを訓練棟に連れていけ。いいな、油断はするなよ」

「へいへい」

そんな囁《ささや》きを交わし合うテロリスト役の生徒たち。

どうやら今回の事件は、他にも参加者がいるようで――いったい何人の生徒が、このテロ作戦に参加しているのでしょう。

その後、テロリストたちは二手に分かれる事にしたようです。私を監視するグループと、クラスメイトたちを連行するグループの二つのようで、

「フィアナさん！　必ず、必ず助けに戻りますから！」

「私は大丈夫です。そちらこそ決して無茶はしないで、冷静に行動して下さい！」

「もう。フィアナちゃんは、こんなときまで――」

泣きそうな顔で、そう言うエリンちゃん。

セシリアさんたちとは、別れ際にそんな言葉を交わし（まるで演技だとは思えないぐらいに、気迫のこもった言葉でした）、

「ほら、早く進め！　余計な事をしたら、ぶっ殺すからな！」

脅すような言葉に急《せ》かされ、クラスメイトたちは訓練棟に向かっていくのでした。

教室の片隅、縛られたまま立たされている私。

舞台の中心から遠ざかってしまった気がします――端的に言えば暇なのです。

「…………で、私は、いつまでこうしていれば良いんですか？」

「は？」

教室に残されたのは、覆面テロリスト二人と私の三人です。

いい加減、待っているのにも飽きた私は、

「何言ってんだ、こいつ。恐怖で頭がおかしくなったのか？」

「油断するな。なにせ相手は、エリシュアンの魔王の名を恣《ほしいまま》にする生徒だ――おい、お前。怪しい動きをしたら、即射《う》ち殺すからな」

緊張感のない私の言葉に、苛立《いらだ》った様子で返してくる覆面男たちですが、

「その銃、もうちょっと工夫したほうが良いですよ。そんなにずっと突きつけられたら、細工し放題ですからね」

「は？」

その言葉で、ギョッとした様子で銃を観察します。

注意が逸れたのは一瞬――けれども隙としては、それで十分でした。

「だいたい手を縛ったぐらいで、動きを封じたつもりですか？」

私は、呆気《あっけ》に取られるテロリスト役の生徒二人に襲いかかります。

私は軽やかにステップを踏んで、そのままリーダーの後ろに回り込みます。勢いそのままに、頭に回し蹴りを叩き込み、一瞬で男の意識を刈り取りました。

「くそっ、ふざけやがって！」

「あっ！　今、その銃を使ったら――」

リーダーを倒され、男は焦ったのか引き金に手をかけます。

私は、制止しようとしましたが……、
バーン！

銃弾の出入り口が詰まり、爆発する魔法銃。

「だ、だから言ったのに！」

そう言いながらも距離を詰め、私は容赦なく男の顎に掌底を打ち込みました。

脳を揺さぶられ、大の字で気絶するテロリスト役の生徒たち。

（ここで覆面を剝ぐのは、マナー違反なんでしょうね）

自由《テストからの解放》を求めて戦っていた熱い思いは忘れません――でもそれはそれとして、あまりにもクオリティが稚拙すぎました。

サクッと二人を気絶させた私は、

「これから、どうしましょう」

とりあえず手の縄を解き、私は状況の把握に努めます。

どうやら彼らが口にした魔封じの結界は、本当に効果を発揮しているようです。意識を集中しても、たしかに魔法の発動が阻害されている感触があり、

「なるほど、厄介ですね――」

そんな高価な品を持ち込むほど、このストライキは本気という事でしょう。ふと教室の中を見回せば、散らばった試験用紙が視界に入ってしまい、

（今を楽しみましょう。私も被害者側で、テロリストごっこを続けます！）

そして願わくば、このまま有耶無耶になってテストが無くなりますように！

そんなよこしまな願いを抱きつつ、私は教室を飛び出すのでした。


【セシリアサイド】


金髪の少女――セシリアは、魔法銃を突きつけられたクラスメイトたちとともに、訓練棟へと歩かされていた。

クラスメイトたちは恐怖で震えており、その表情は一様に暗い。

突如、テロリストに学園が占拠される緊急事態――もちろんエリシュアン学園の創立以来、初め

ての事である。

そもそも純粋培養の貴族たちは、荒事に耐性のない者のほうが多い。冒険者として逞《たくま》しく活動しているエリンやフィアナは、ごくごく少数派なのだ。

そんな訳でセシリアとエリン以外の殆《ほとん》どの生徒は、反抗など考えるはずもなく、感情の抜け落ちた機械のようにテロリストたちの命令に従っていたのである。

そんな中、セシリアとエリンは、ひっそりとテロリストたちの死角に潜り込み、

「エリンさん、聞こえてますわね？」

「はい、セシリアさま」

そう言葉を交わし合っていた。

「相手の人数は三人。全員で一斉に襲いかかれば――」

「それも難しいと思います。皆が怯《おび》えきってますし、私たちは丸腰で魔法も使えません。一方的に攻撃されれば、手も足も出ないかと――」

ヒソヒソと囁きを交わす二人。

「フィアナさんを助けに行くんですか？　それなら私たちにも協力させて下さい」

「私たちは、フィアナさんに恩があります。まさか、自分を犠牲にするような選択をするなんて――このままなんて、絶対に許せません！」

「勿論ですわ！」

そう協力を申し出たのは、セシリア派の二人――ヘレナとマーガレットだ。

セシリアに心酔している二人であるが、敬愛する主人を助けられた事により、密《ひそ》かにフィアナに恩返しする機会を待っていたのである。

そう囁きあっていた少女たちであるが、

「おい、コソコソと何をしている?」

その動きを訝《いぶか》しんだ一人の男が、そう声をかけた。

「そ、それは――」

「トイレに行きたくて……」

ここは任せてほしいと目配せするヘレナ。

「な!?　何を呑気《のんき》な!」

「少しぐらい我慢しろ!」

「そ、そんな事言われましても――」

ヘレナは困ったように目を泳がせ、

「それとも、ここで漏らせと言いますの?」

「最低。随分といい趣味をしてらっしゃいますのね」

目に涙を溜《た》めながら、憐《あわ》れみを誘うような声でそんな事を言うヘレナ。更には相方のマーガレットが、すかさずそう追い打ちをかける。

その場の雰囲気が、微妙に変化する——すなわちヘレナを憐れみ、テロリストの男を責めるようなものへと。

少しでもテロリストの男が警戒していれば、魔法銃をもう一度発砲し、威圧して空気を引き締めにかかっただろう。

しかし男は、そうしなかった——流されていたのもあるし、ここまで何の障害もなく学園を制圧できていたので、油断しきっていたのだ。

「くそっ、仕方ないな。おい、誰かこいつをトイレに連れて行け」

結局、男はそう決断する。

すなわち三人しか居なかった見張り係を、さらに一・二に分けるという失態を。

「呑気な奴め。早く済ませろよ」

「面目ありませんわ」

そう言いながら、ヘレナは見張りに連れられていく。

(グッジョブですわ、ヘレナさん！)

セシリアは、内心で喝采を送る。

これで残るのは、たった二人の見張りのみ。

ようやく訪れた反撃のチャンス。

タイミングとしては、今しかないという絶好の好機に、

「ねえ、面白い事してるじゃない」

そこに声をかける少女が居た――名はアレシアナ。いつものように眠そうな目をしながらも、その瞳は、警戒するようにセシリアたちを睨《にら》んでいる。

「何をするつもり？」

「そちらこそ……、何のつもりですの？」

セシリアは、堅い声でそう聞き返す。この状況で、アレシアナのこの落ち着きぶり――普通はありえないのだ。

思えば今日のアレシアナは、テストが始まる前からどこか様子がおかしかった。

徹夜明けのような隈に、心ここにあらずといった様子の上の空の会話。セシリアが、なおも問い詰めようと口を開いたところで、

「何の騒ぎだ！」

残った覆面の男が、ヒソヒソとささやきを交わすセシリアたちに気が付き声をあげる。

チャンスは一度きり。それも相手が油断しきっている状況でなければ不可能――すなわち作戦は、警戒された時点で失敗なのだ。

セシリアが、自らの失態に唇を嚙んだとき、

「何でもないわ。持ち場に戻りなさい」

「「ハッ！」」

「!?」

あろう事か、そう指示を出したのはアレシアナであった。

更に信じられない事に、男二人はアレシアナに従って武器を下ろすではないか。

「どういう、事、ですの……?」

「そういう事よ」

アレシアナは、静かにそう言う。

その表情は、いつものように気だるげな空気に彩られており、

「そんな――」

「そう。私は向こう側――ご愁傷さま」

淡々と、そう言い切るアレシアナ。

まるで今日の天気でも話すかのような酷《ひど》く軽い口調。クラスメイトに、今回の事件の共犯者がいたという事態――セシリアは、口をパクパクさせる事しかできなかった。

意表を突くアレシアナの裏切りに、クラスメイトたちも同様の反応をもらす。

「何だよ。このタイミングでバラすのかよ」

「仕方ないでしょう。あなたたちがあまりにも隙だらけで――そのまま放っておいたら、制圧されてたでしょう」

アレシアナは、無表情のままそう吐き捨てる。

そのまま覆面男たちの傍《そば》まで移動し、

「――ほら、やっぱり隙だらけ」

こぼれ落ちたのは、そんな言葉。

その瞬間、何が起きたか正確に把握できた者は居ないだろう。

セシリアの目に見えたのは、アレシアナの手から黒い鞭《むち》が現れたところだけだ。その鞭を素早く振るい、アレシアナは男の銃を弾《はじ》き飛ばす。

それと同時に、地面から黒い鎖が何本も現れ――、

「なっ、おまえ!?　何のつもりだ!?」

「見ての通り。私だって、いつまでもただの駒でいるつもりはない――生徒が、クラスメイトを守ろうとするのは当然でしょう」

アレシアナは、テロリストの男をまたたく間に縛り上げていく。

その動きには一切の躊躇《ちゅうちょ》がなく――セシリアは、ただ呆気に取られたまま一連の戦いを見ている事しかできなかった。


「あ……、あなたは結局、味方なんですの？　それとも敵、なんですの？」

二人の男を縛り上げたアレシアナを見て、セシリアは呆然《ぼうぜん》と尋ねる。

思惑も何もない、反射的に出てしまった疑問だった。目まぐるしく変わる事態に、理解が追いつ

かないのだ。

「面白い質問ね」

アレシアナは、冷たい瞳でセシリアを射貫くと、

「敵か味方か、なら――間違いなく敵、でしょうね。穏やかな光の中で、平和にのうのうと生きるお貴族さま――ええ、あなたの事は死ぬほど嫌い」

そう吐き捨てる。

「それなら、何でこんな事を？」

「…………さあね。気の迷い、なのかしらね」

アレシアナは、そう首を傾げる。

その表情は、本気で自分のした事を不思議がっているようにも見え、

「今回の事件の黒幕は、シリウス教頭。あいつがテロ組織と手を組んで、学園を占拠しようとしてるのよ」

「なっ!?　そんな事が――」

「考えてもごらんなさい。警備の目が行き届いてるエリシュアン学園に、テロリストがそう簡単に入れる訳がないでしょう。手引きした人が――それも警備を動かせるレベルの偉い人が、裏から糸を引いてるって事よ」

そう説明する間も、アレシアナはせっせと覆面男を拘束していく。

普段のおっとりした様子から、まったく想像できないアレシアナの姿。その様子を見ながら、セシリアの頭はようやく状況を受け入れつつあった。

「つまりあなたは、黒幕に脅されてテロリストたちに手を貸すはずだった。……けれども裏切って、私たちに手を貸してくれている。そういう事ですの？」

「助けたって訳じゃないわ――たまたまタイミングが一致しただけ。私も、利用されてばかりではいられないから」

アレシアナは、そう言いながらセシリアに向き直り、

「だからセシリアさん。あなたたちは、フィアナさんを助けに行ってあげて――こっちは私の方で、良い感じにしておくから」

「信じて……、良いんですのね？」

「――別に、信じる必要はないわ。それでも私の今の状況を考えれば、ここであなたたちを裏切るメリットがない、という事は分かるはずよ」

「いいえ、信じる事にしますわ」

――損得勘定で動く事ほどつまらない事はない。そうワタクシの大切なお友達が、教えてくれましたからね。

じっとアレシアナの目を覗き込み、そう告げるセシリア。

その真っすぐな瞳を受け、アレシアナは居心地悪そうに身じろぎしていたが、

「好きにすればいいわ」

そう吐き捨てるように返すのだった。

「そうだ、フィアナさんにこれを渡してちょうだい」

「これ、なんですの？」

「きっと役に立つものだから。お願いね」

アレシアナは、走り出しかけたセシリアに紙切れを渡す。

一見真っさらの、魔力が込められた紙であり、

「確かに渡してちょうだいね」

「はいですわ、たしかに承りましたわ！」

セシリアは、そう真面目な顔で返答する。

そうしてセシリアとエリンは、とある魔導具を取り出した。王都で贈り合ってから、肌身離さず身に着けていた位置把握のための魔導具であり、

「やっぱり、まだ教室にいるみたいですわね！」

魔導具から溢《あふ》れるマナは、ぼんやりと教室の方を指しており、

「フィアナさん、待っていて下さいまし！　ワタクシが、必ずや助けに向かいますわ！」

「今度は、私が恩を返す番です……！」

二人は、教室に向かって走り出す。

「やれやれ、眩《まぶ》しい友情だこと。本当に憎らしいくらい――あの規格外の子が、大人しく助けを待ってるとは思えないけどね……」

そんな二人を、アレシアナはいつものようにじとーっとした目で見送るのだった。

そうして二人は、やがて教室にたどり着く。

そこで二人が見たものは、

「あれ？　お二人は、どうしてここに？」

目を回して気絶しているテロリスト二人を、ぐるんぐるんに縛り上げたフィアナの姿。

何が楽しいのか、こんな時でもフィアナは目をキラキラさせており、

「それでこそ、フィアナさんですわね……」

そうセシリアは、ため息をつくのだった。

【フィアナサイド】

「えぇえぇぇぇええ!?」

私――フィアナは、セシリアさんたちから驚愕《きょうがく》の事実を聞く事になりました。

曰《いわ》く、この事件はシリウス教頭の仕業であるとか。

曰く、エレナ学園長の不在を狙って起こされた計画的な犯行だとか。

曰く、アレシアナさんも共犯者だったが、土壇場で裏切り、私たちの味方として行動してくれているだとか。

(……って、設定の実技試験ですかね!?)

あまりにぶっ飛んだ話を聞き、私はそう脳内で変換します。

まさか平和の象徴で、王都の中心にある大きな学園が、本物のテロリストによって占拠されかかっているなんて状況——あり得る筈ありませんからね!

そんな訳で、私は今後の行動を話し合う事にします。

「学園の中で、ワタクシたちは魔法を封じられてしまっています。この魔封じの結界が、非常に厄介でして——」

「私も支援魔法を試したけど、何も発動しなかった……」

「ワタクシもお手上げでしたわ」

降参するように、ばんざーいと手をあげるセシリアさん。

(なるほど、随分と本格的ですね)

生徒によるテストのストライキかと思いきや、実はシリウス教頭によるサプライズ演習だったという新事実。この面倒な状況も、実技試験の一環だとすればしっくりきます。

アレシアナさんがテロリスト役として参加しているのは、さしずめ成績上位者として試験官側に抜擢《ばってき》されたのでしょうか。

さしあたって今、考えるべきは、

「魔封じの結界。厄介ですね――どうにかして破れませんかね」

ずばり、学校に張られた魔封じの結界の解除方法でしょう。

結界の中でも、魔導具は使えるそうです。それは魔法が使えない私たちをよそに、向こうは一方的に魔導具で攻撃できる状態という事。

まずはこの結界を解除する事が、与えられた試験だと考えるべきでしょう。

「そういえばアレシアナさんは、なんで魔法が発動できたのでしょうね？」

「特定の属性だけは、影響を受けないんじゃないでしょうか。闇魔法はアレシアナさんの十八番――闇属性の魔法だけは、結界の影響は受けないと考えるべきですね」

「学園の中に、アレシアナさん以外の闇魔法の使い手は――」

「残念ながらゼロ、一人もいませんわ」

「駄目じゃないですか……」

私は、むむむと眉をひそめます。

今、唯一拘束されていない私たちができる事……。

「私たちで、なんとかして魔封じの結界を解除したいですね」

「そうですわね……、口で言うのは簡単ですが――」

学園全体を覆うような大規模な結界です。それを無力化するには、それを生み出している魔法陣を破壊する必要があります。

相手もその特性を分かっており、当然、その魔法陣は巧妙に隠されているはずで、

「そういえば、アレシアナさんから渡されていたものがありましたわね」

その時、セシリアさんがとある紙を取り出しました。

一見、真っ白な紙でしたが、

「これ……、魔法式の暗号ですね！」

特定の波形のマナを通す事で、真の姿を現す魔導具の一種です。

悪戦苦闘する事五分。四苦八苦しながらマナを流し込み続けたところ、白い紙が光を放ち、やがて地図が空中に描き出されました。

それは学園の地図と、魔法陣のペアであり、

「これ、魔封じの結界の設計書ですね！」

「本当ですの!?」

「ええ。教頭先生の部屋と、旧校舎、それと学食に魔法陣が仕掛けられています。三箇所すべての魔法陣を破壊すれば、この結界は解除されると思います！」

私は、そう断言します。

「それじゃあ、早速、全員で向かいましょう！」

「いいえ、事態は一刻を争いますわ。ここは三手に分かれて、一気にやるべきですわ」

セシリアさんが、そう言い出しました。

今回の作戦の肝は、奇襲なのだとセシリアさんは力説します。もし結界の破壊を企《たくら》んでいる事がバレれば、あっという間に防衛を強化される事でしょう。

同時に三箇所叩く事で、成功率が高まるとセシリアさんは説明します。

「た、たしかに……。でも、一人ずつで大丈夫でしょうか？」

テロリスト役の生徒は、何人いるか分かりません。

さすがに一対多の状態で、一方的に魔導具を撃ち込まれれば厳しいのでは……、そう不安に思う私でしたが、

「大丈夫ですわ。ワタクシも、エリンさんも、あなたと一緒に修羅場をくぐり抜けてますわ――少しは信じて下さいまし！」

「うん、任せて！」

セシリアさんたちに、グッと力強く頷かれてしまい、

「分かりました、私も皆さんの事を信じます。やりましょう！」

私は、そう答えるのでした。

【エリンサイド】

「まさか私が、こんな重要な任務を受ける事になるなんて」

そう呟きながら校舎内を歩く少女が一人——エリンは、怯える心を叱咤《しった》するように一歩一歩、歩みを進めていた。

向かう先は、学生食堂——魔封じの結界の魔法陣があると言われている空間だ。

「私、ちょっと前だったら、ただ怯えて端っこの方で震えてたんだろうな。おかしいな、本当はその方がお似合いなのに……」

自分という人間の性質は、よく分かっているとエリンは思う。

テロリストと対峙《たいじ》し、その作戦の要となる役割を負う——そんな英雄のような事、とても自分のキャラじゃないとも思う。

けれども本物の英雄が進む道を照らすぐらいなら、自分にもできると思うのだ。

勇気を振り絞り、こっそりと食堂に忍び込んだエリン。

幸い食堂には誰もいなそうで、しばし怪しい場所を探っていき、食材庫の物陰に、禍々《まがまが》しい赤の魔法陣を発見。

「これが魔法陣のコア!」

「……ほう。まさかここに勘づくやつがいるとはな」

しかしそれを守るように、見張りの男が数人立っており、

「油断するな。相手は一人とはいえ、ここに気づくようなツワモノだ」

「……待てよ、こいつ。エリンじゃねえか？」

「エリン？」

「あれだよ、穢《けが》れた血の聖女さま」

ねぶるような視線で見られ、エリンは背筋に冷たいものを感じて後ずさる。

相手は五人――ましてエリンは、魔法が封じられているのだ――圧倒的に不利な状況。一瞬、怯えを見せるエリンであったが、

「作戦によれば、こいつは人質に使えるらしいぞ」

「あー、例のエリシュアンの魔王に対しての人質か。でもシリウスさまも、ただの小娘一人を、あまりにも警戒し過ぎなんじゃないか？」

「……今、なんて言いました？」

「あ？」

人質――フィアナに対する人質。

この男は、そんな事を言ったのだ。

すなわち卑《ひ》怯《きょう》にもこの男たちは、私の英雄――フィアナちゃんを手に掛けようというのだ。それ

も人質などという、卑劣すぎる手段を使って。

気がつけば、エリンの身体の震えは止まっていた。

残るのは、目の前の男たちに対する激しい怒りのみで――、

「もしかして、フィアナちゃんに手を出すつもり？」

「おい、おまえ――いったい何を！」

「フィアナちゃんを傷つける人は、たとえ誰であっても許しません！」

エリンは、まっすぐに杖を構えてそう宣言。

「馬鹿め！　ここには魔封じの結界が――」

「だから、どうしたっていうんですか！」

そう言いながらエリンは、男たちに向かって直進。そのまま手にした大杖でフルスイング――吹き飛ばされ、覆面男たちは壁に叩きつけられる。

「な!?　そんな馬鹿なっ！」

「死守だ！　なんとしてでも、ここを守り抜――ぶへしっ!?」

魔法銃による狙撃すら、杖の一振りで弾き返す。

次々と男たちに躍りかかり、杖でぶん殴っては沈黙させていくエリン――その戦闘力は、鬼神のごとき圧倒的な強さであり、

「馬鹿、な――」

「あ……」

最後の一人がバタリと気を失い、ようやく我に返るエリン。

その周囲は、気絶した男たちで、まさに死屍累々《ししるいるい》といった様相を呈しており、

「……これ、フィアナちゃんには見せられませんね」

返り血を拭いながら、エリンは苦笑い。

その足で、魔法陣のもとにたどり着き……、

「えいっ！」

魔法陣の中心に杖を叩き付ける。

見事に、一つ目の魔法陣を叩き壊す事に成功したのであった。


【セシリアサイド】


金髪のロングヘアをなびかせ、少女――セシリアは、旧校舎を目指して歩いていた。

「風のマナよ、我が求めに従いて顕現せよ。切り裂け、唸れ、切断せよ――やっぱり駄目、ですわねえ――」

学園の隅っこであれば、結界の効果も薄いはず。

そう期待していたセシリアであったが、多少の揺らぎはあるものの魔法は発動せず。どうやら魔封じの結界は、非常に強力である様子。

「ふむ……、この校舎のどこか——ですか」

セシリアは、記憶をたどるように目を閉じる。

この広さの校舎で、小さな魔法陣を闇雲に探し回っても、発見する事は不可能だ。幸い旧校舎には、何度も掃除で訪れている。その際に見かけた怪しい空間は……、

「地下一階の倉庫！」

不自然な立ち入り禁止の札があった部屋だ。

フィアナとの勝負で訪れたその時は気にも留めなかったが、冷静に考えればあの周辺だけ明らかに手入れが行き届いていた。それは廃墟《はいきょ》と化した旧校舎の中で、一部分だけ人が頻繁に出入りする空間が存在しているという事で、

「ビンゴ、ですわね！」

地下倉庫に入り込み、セシリアはそう歓声をあげる。

その視線の先には、禍々しい赤色に輝く魔法陣が稼働していた。

魔法陣からは、淡く輝くマナの線が二本、虚空に向かって伸びていた。その先にも同じような魔法陣が繋がっているのだろう。

フィアナの見立て通り、三つの魔法陣が連動して結界を生み出しているのだ。

「後は、これをどうにか破壊すれば――」

「おおっと。そいつには誰も近づけるなって、命令でね」

「ッ！」

しげしげと魔法陣を見ていたセシリアは、背後から声をかけられヒッと息を呑《の》む。

パッと後ずさるが、狭い倉庫で後ろに逃げ道はなく。

魔法を封じられたセシリアは、悔しそうに歯噛《はが》みする事しかできなかった。

――ちょうど、そんなタイミングであった。


「ッ！」

「なんだ、何事だ!?」

「これは……！　唸れ――風刃《ウインド・ブレイド》！」

それは強いていうなら、直感に近い。

長年訓練してきたからこそ分かる微かな感覚の変化。

「やって下さったんですね！」

果たして魔封じの結界に阻まれて、今までは発動する気配すらなかったセシリアの魔法は、不完全な形でありながらこの世に顕現する。

ヒュウウと音を立てて、風の刃は油断していた男たちに襲いかかり、

「何だと!?」

またたく間に男二人を、戦闘不能に追いやった。

「邪魔しないで下さいまし。邪魔するというのなら――同じ目に遭わせますわ！」

凛々《りり》しく叫ぶセシリアであったが、

「金髪で風魔法を使う――おまえ、セシリア・ローズウッドか？」

「そうだとしたら、なんですの？」

「馬鹿め！　おまえの弱点は、すでに分かってる――喰《く》らえ！」

男が取り出したのは、数十センチほどの巨大な瓶だ。中には生き物が入っており、ぐにゃりとグロテスクに蠢《うごめ》いていた。

瓶の中からムカデが現れ、セシリアに向かって這《は》いずっていく。

そのグロテスクな動きは、以前のセシリアであれば、悲鳴をあげて逃げ惑うようなものだったのかもしれないが、

「はっはっは、これで貴様は魔法が使えない無能に逆戻りだ！」

「ええ。ワタクシは――こんなものを怖がってましたのね」

勝ち誇った様子で高笑いした男に、セシリアは憐《あわ》れむように睨み返す。

今でも虫は嫌いだ――けれどもセシリアが一番恐れていたのは、その秘密が暴かれて失われる事になる信頼の方であった。

すべての地位を失う恐怖――しかし今は、違うのだ。その程度の事では、何も揺るがない確かな

ものを得た今、ムカデは蠢く気持ち悪い生き物でしかなく、

「邪魔ですわ」

セシリアは、迫りくるムカデを情け容赦なく踏み潰す。

「なっ、話が違――」

それから呆気に取られる男たちに向かって、

「おととい来やがれ、ですわ！　これで終わり――踊り狂う風の妖精よ、眼前の敵を討ち滅せ――風踊竜巻《ハリケーン》！」

高らかにそう宣言。

次の瞬間、倉庫内には猛烈な風が吹き荒れ、
パリーン！

そう甲高い音を立てて、破壊される魔封じの魔法陣。

「ワタクシも、やりましたわよ！」

自身の役割を果たしたのを見届け、セシリアは大きく息を吐き出すのだった。


【フィアナサイド】

私──フィアナは、魔封じの結界を解除するべく教頭先生の部屋を訪れていました。

普段なら、ノックをしてから慎重に入る事でしょう。だけども今の私は、テロの首謀者を追い詰める被害者の代表者という役回りなので、

「たのもー！」

「おやおやまあまあ、本当にここにたどり着くとはね──」

勢いよく部屋に押し入ります。

対する教頭──シリウス先生は、静かに首を振るだけで、

「やれやれ。一目見たときから、君は私の計画の邪魔になると、そう思っていましたよ」

「シリウス……、先生？」

「面白いねえ、君はこんな状況でも私の事を先生と呼ぶのか」

シリウス先生は、そう穏やかな顔で微笑みました。

「いつから君は、私が怪しいと疑っていたんだい？」

「いえ、アレシアナさんから聞いて──」

「なるほど。あいつは、裏切ったんだね」

シリウス先生は、納得したといった様子でそう呟きます。

反応はそれだけ──手にしたおもちゃが、ただ一つ壊れただけだとでもいうよう。張り付けた笑顔のまま、シリウス先生は決して表情を動かさず、

「それは……、きちんと粛清しないとね」

「させませんよ。あなたは、ここで捕らえられるんですから」

「へえ。君は、私に勝てるつもりなのかい」

シリウス先生は、そう言いながら戦闘態勢に入ります。

彼が手にとったのは、装飾が施された儀式用の短刀でした。きらびやかな武器で、騎士が使いそうな見た目を重視した剣でありつつ実用性もあり、

「ッ！　いきなりとは、ご挨拶ですね！」

「ほう、今のを躱《かわ》すか」

私の瞬《まばた》きに合わせて、シリウス先生は一気に距離を詰めて死角から鋭い一撃を放ってきます。

その動きは、どちらかと言えば騎士というよりは暗殺者といったイメージがピッタリ。私が警戒していなければ、一撃で急所を貫かれていた事でしょう。

「どうしましたか？　結界は、もうほとんど解除されたようなものでしょう。魔王と呼ばれた魔法の腕前――振るってみてはいかがですか？」

「先生まで魔王呼びするんですか!?」

私は、反射的に突っ込みつつ、

「魔封じの結界が張られた状態での試験。つまり今回の試験では、魔法抜きで実力を示せって事ですよね？」

「はあ？」

「良いでしょう。私、魔法は使いません！」

そう宣言した私に、

「おのれぇぇぇ！　尊き血を引かぬ卑しき平民の分際で、よりにもよって、この私を愚弄するというのかぁぁぁああ！」

これまでの柔らかな物腰をかなぐり捨て、シリウス先生はそう吠《ほ》えました。

何が逆鱗《げきりん》に触れたのか分からない私をよそに、

「血の呪縛——おまえは絶対にぶち殺す！」

シリウス先生は、血走った目でそんな事を叫びます。

それから手にした得物で、自らの手の甲を貫き、

「それは——血の呪い！」

「ああ。どうせおまえは、もう気づいてるんだろう——私は、犯罪ギルド・スカーレットムーンの首魁《しゅかい》・マルコスだ」

「いえ!?　全然、気がついてませんでしたが!?」

（なんなら豹変《ひょうへん》したあなたに、軽くビビり散らかしてますが!?）

早合点した様子のシリウス先生に、私は思わず叫び返します。

呪い——それは従来の魔法とは異なる法則を持つ、やっかいな技術です。深く知られていない門

外不出の秘技であり、その情報はルナミリアでも皆無。

当然、私も初めて目にするもので、

「死ねぇぇぇえええ！」

「うわっ、何ですかそれ!?」

「今のすら躱すか。正真正銘のバケモノだな」

余裕を見せくつくつと笑うシリウス先生――改めマルコス。

真っ赤な血が手の形を取り、背後の壁から突然襲ってきたのです。慌てて回避したら、血でできた手はどろりと壁に吸い込まれ、溶けるように消えていきました。

残ったのは、血飛沫《ちしぶき》のみ――随分とグロテスクな技です。

「このナイフには、猛毒が塗ってある。少しでもかすれば、お陀仏《だぶつ》というわけよ」

「当たれば、ですよね」

「ほざけ！」

そう吠えるマルコス。

その声に応えるように、部屋の壁、天井、床――いたる場所から、血でできた手が現れました。

上下左右、全方位から、真っ赤な手が襲いかかってくる光景は、

「まるでホラーですね!?」

「また訳の分からん事を！　くたばれ、さっさとくたばっちまえ！」

猛スピードで飛び交う血でできた手と、猛毒ナイフたち。

しかしそれらの攻撃は、私にかする事すらありません。

「ねえ、もっと本気を出して良いですよ？　これじゃあ、せっかく魔法を封じた意味がありません。目を閉じても避けられちゃいます」

「おのれぇぇぇえ！　スカーレットムーンの我を、そこまでコケにするかぁぁあ！」

慣れれば、ドラゴンの集団を相手取るより簡単です。

あの鉤爪《かぎづめ》も、当たったら死にますからね。

そもそも真剣勝負において、かすったら死ぬなんて当たり前の事。それをわざわざ口にする事が、あまりにもナンセンスなのです。

「まさか、それで終わりですか？」

「くそっ、どうして当たらない？　当たりさえすれば、当たりさえすれば！」

「う～ん……、なら当ててみますか？」

私は、そう言いながら立ち止まります。

私の見立てが正しければ、ナイフに塗られた毒は神経に作用するタイプのもの。

そもそも私は、ルナミリアでの日々で、大抵の毒物には慣れています。万が一、耐性を貫通してくるレベルの毒だったとしても、素早くマナを循環させてやれば中和できるはずです。

「おまえ、ふざけてるのか？」

「いいえ、これも演習の醍醐味《だいごみ》だと思いますよ」

「良いだろう――その甘い見立て、あの世で後悔するがいい！」

マルコスは、血塗《ちまみ》れのナイフを飛ばしてきて、
プスリ。

私の腕に、ナイフが突き刺さり、

「な～んだ。これ、ただのアイロニ草に含まれてる毒じゃないですか。それなら私、三歳のときには克服しましたよ」

私は、ポイッとナイフを引っこ抜き、放り投げます。

……ちょっぴり、痛いです。

「そ、そんな馬鹿な。致死量の三億倍の劇物だぞ……」

あんぐりと口を開けるマルコスに、

「もっと真剣にやって下さい！　こんなのが最終試験じゃ、肩透かしです！」

「は？　おまえは、いったい何を……」

「まだありますよね？　それともこっちから行っていいですか？　いわばこれは試験の最終段階――もっと、ワクワクするような模擬戦をしましょう！」

「ヒィィィイ！」

私が笑顔で近づくと、マルコスは怯えた様子で後ずさりします。

「奥の手、ないんですか？」

「いや、その――」

「何もないなら、次は、こちらから行きますけど――」

「ヒィイイイ！　く、来るな――バケモノめぇ！」

「あ、その盤外戦術はもう知ってます」

ちなみに、最初に使ってきたのはマティ先生です。

失礼な人たちですね！

飛んでくる血塗れナイフは、もう避ける必要すら感じません。

拳と足を強化魔法で固め、ナイフを無造作に殴り返します。そのまま弾き飛ばしてしまうのが、対処法として一番手っ取り早いのです。

そうして私が、マルコスの目の前に立つと、

「ヒィイイイ！　こんなのは、悪い夢だぁぁぁぁ――」

そう悲鳴をあげながら、パタンと気絶してしまいました。

（う～ん、これで良かったのでしょうか――）

困惑しつつも、私はとりあえずマルコスを縄で縛り上げます。

これで知っている情報では、テロ騒動のリーダーを、無事取り押さえた事になるはずです。

実技演習は、これで合格といったところでしょうか。

「あ、そうだ。魔法陣壊さないと」

部屋の一角で、存在感を主張するように禍々しく輝く魔法陣。

もはや残った一つだけでは、ほとんど効果を発揮していないようですが、

「えいやっ！」

右ストレートで、魔法陣を物理破壊。

そうしてついに、完全に魔封じの結界の効果が解かれたのを実感し、

「これで、試験も終わりですかねえ」

私は、のんびりとそう呟くのでした。

【アレシアナサイド】

黒衣の少女――アレシアナは、目の前の事態にため息をついた。

スカーレットムーンという犯罪ギルドに所属するテロリストたちは、人質を巡って醜い言い争いを繰り返していたのだ。

何せここエリシュアン学園は、大陸中から優秀な学生を集めた学校なのだ。

一致団結して反乱を起こされれば不利――見せしめに何人か殺しておくべきというのが、過激派

による主張であった。

「何度も言わせないで。人質は、生かしておくからこそ意味があるの」

アレシアナは、そう主張し続けていた。

「だがよう。この人数、ちょっぴり面倒じゃねえか？」

「ああ、まったくだ。少しぐらい減っても、人質として問題ないんじゃねえか？」

「……あの方の意向に逆らうつもりなの？」

冷たい声で詰め寄るアレシアナ。

そのやり取りは、アレシアナが忠実なシリウスの部下を演じるために必要な演技だ。同時に、目の前で人死にを見たくないという彼女の優しさの表れでもあった。

セシリアたちが行動を起こそうとしたときに、アレシアナが割って入った理由――あれは何も妨害が目的ではない。セシリアたちの身の安全を確保するための最善の行動だと思ったから、多少無理にでも割って入ったのだ。

魔法が使えないセシリアたちが、武装した犯罪ギルド構成員二人と正面衝突した場合、勝負は良くて五分――悪ければ、彼女らが殺されていた可能性もあった。だからアレシアナは、あそこで正体を明かして、監視していたテロリストたちを排除したのである。

その後、アレシアナは、犯罪ギルドのメンバーに対して教室を制圧するときに仲間を失ったと嘘の説明をしている。

「さてと、どうなる事か……。お手並み拝見と行きましょうか」

フィアナに届けるようお願いした魔法陣の設計書――あれはシリウスの部屋にあった極秘の資料である。

警戒心が強かったシリウスは、結界の設計書にも暗号をかけており、ついぞアレシアナにその暗号を解く事はできなかったのだが、

「面白いもの、見せてちょうだいな」

そう呟くアレシアナの瞳は、純粋な好奇心に煌《きら》めいていたのであった。

それから数十分が経った頃。

「おい、どういう事だ!?」

「マナが――魔法が、使えるようになってるぞ！」

訓練棟の中が、にわかに騒がしくなった。

その原因は明らかであった――フィアナたちが、見事に魔封じの結界を解除したのだ。

とはいえ訓練棟の中は、数十人の武装したテロリストが未だに占拠している。生徒たちは、これからの行動を決めあぐねていた。

その瞬間を見計らったように、アレシアナは動き出す。

「皆さん、魔法が戻りました。今こそ反撃の時です！」

「なっ、てめぇ!?」

「何も恐れる事はありません。人数は、圧倒的にこちらが上——武器を手に取り、今こそ奪われたエリシュアンの誇りを取り戻すのです！」

高らかに声をあげたアレシアナ。ぱっと見れば、それはただの仲間割れ——大抵の生徒たちは、あ然とアレシアナを見つめるだけであった。

そんな中、特進クラスのクラスメイトだけは、

「今ですわ！」

「よくもこれまで、私たちの学園で好き勝手してくれましたわね！」

いち早く武器を手に取り、テロリストたちに立ち向かった。

それはアレシアナが、テロリストを裏切った——実は味方だと知っていたからであるし、何よりフィアナたちの勇姿をその目で見ていたからというのも大きかった。

「なんだ、おまえたちは!?」

「怯《ひる》むな！　敵は、所詮は学生——うわぁ!?」

アレシアナは影を操り、次々とテロリストたちを武装解除していく。

姿を隠し、死角から敵を速やかに排除する——それは影とともに生きるアレシアナにとって、もっとも得意とするところであった。

「さてと、潮時ですかね」

次々と蜂起するエリシュアンの生徒たち。一度、生まれた流れを止める事は、いかに手練《てだ》れの犯罪ギルドであっても不可能であり、

「良いものが見れました」

アレシアナはそう呟き、密かに訓練棟から離脱。

そのまま闇の中に、ひっそりと姿をくらませたのであった。

エピローグ

Atoha presents
Illustration by Koin

テストへのテロリストの乱入。

そんなエリシュアン学園創立以来の大事件――があった事を翌日知り、

「うぅ……、あんまりです――」

私は、しくしくと教室で泣いていました。

エレナ学園長からは、事件の解決に貢献したという事で感謝状をもらいましたが、それとこれとは話は別。

そう、あの日無くなった試験は――、

「まさか、再試験だなんて――」

来週、再び行われる事になったのです！

「まあまあ、フィアナさん。穏やかな気持ちでテストを受けられるのも、フィアナさんの活躍のおかげですし――」

「私、テロリストになります!!」

「フィアナちゃん、冗談でもそんな事言っちゃいけません」

「いいえ、私はいつだって本気です！」

「なら、尚更《なおさら》ダメです！」

参考書の束を抱えて、ひょこっと現れるエリンちゃん。

——あの日から、色々な事がありました。


まずはシリウス先生。

なんでも数年前から、犯罪ギルドであるスカーレットムーンの首魁《しゅかい》と入れ替わっていたとかで、上を下への大騒動になりました。

驚く事に犯罪ギルドは、ほぼすべての構成員が平民で構成されていたとの事。テロ行為の目的は、エリシュアンの学生を人質に取り、王国相手に要求——平民の差別撤廃を押し通す事——であったとセシリアさんに説明された私は、

「へ？　でもシリウス教頭は、純血主義——貴族だけが偉いっていうものですよね？」

そう疑問に思い、首を傾げます。

「ええ。だからこそですわ。平民出身者の組織が問題を起こし、そんな無茶な要求を突きつけてきたのなら——王国では、平民への風当たりが強くなる事でしょうね」

そう狙いを解説してくれたのは、貴族社会のあれこれに揉《も》まれたセシリアさん。

これには私とエリンちゃんは、ほえーっと感心したように口を開け、

「貴族社会、怖い……」

「派閥、怖い。派閥、近寄らないようにしようね――」

「うん」

「怖くありませんわよ!! ワタクシの派閥に入って下さった暁には、ローズウッドの名において、素敵な未来をお届けしますわ！」

「それ……、なんだか怪しい宗教勧誘みたいですね――」

「さすがに酷《ひど》いですわ!?」

私たちは久々に、そんなやり取りを繰り返すのでした。


「あ、そういえばアレシアナさんは？」

「それが――あの日以来、姿をくらませてしまったとかで……」

あの日、学園を襲ったスカーレットムーンの面々は、そのことごとくが捕縛される事になりました。

奇跡的に人死にはゼロ。とはいえその構成員の大半は指名手配されていたらしく、そうでなくとも大勢の貴族を相手に、監禁未遂の凶行に走ったという事で、

「捕まったら、ほぼほぼ死刑ですからね――どうにかならないんですかね」

「これぱっかりは、どうにも……」

私たちは、顔を見合わせます。

捕縛された犯罪ギルドのメンバーの大半は、簡易裁判の後、断頭台送りが決まっていました。当然、協力関係にあったアレシアナさんも重罪になるのは疑いようがなく、

「ワタクシたちが無事だったのは、アレシアナさんの働きも大きいですものね」

「はい。あの設計書がなければ、まず魔封じの結界を解く事はできませんでした」

思えばアレシアナさんは、いつも感情を見せずに無表情を貫いていた気がします。私たちは、まだ何もアレシアナさんについて知らない状態で……、

——もし叶《かな》うなら、次はアレシアナさんともお友達になりたいな。

私は密《ひそ》かに、そんな願いを抱くのでした。

＊＊＊

「今日の放課後、また街に遊びに行きませんか？」

「行きますわ！」

「やった！　えへへ、この間見つけたアイスクリーム屋さんが、すごく美味《おい》しくてですね！」

「あなたは食べてばかりですわね——」

「わ、私も行く！」

今日も、呆《あき》れた目を向けてくるセシリアさん。一方、甘いもの大好きなエリンちゃんは、キラキ

ラした目で前のめりにそう宣言し、

「それじゃあ今日の放課後、時計塔の下で待ち合わせしましょう！」

いつものように、そう待ち合わせ場所を決めて解散。

私は、今日も健康な身体《からだ》に感謝しながら異世界での日々を謳歌《おうか》するのでした。


【？？？サイド】


「くそっ！　くそっ、くそっ、くそっ！」

重罪人を乗せる輸送車の中で、悪態を吐《つ》き続ける男がいた。

丁寧で紳士的な態度は、すっかり鳴りを潜めている男——名はシリウス。またの名を、スカーレットムーンの首魁マルコスである。

マルコスは、一連の事件の取り調べのため、重罪人を専門とした収容所に輸送されている途中であった。

「作戦は、全部順調だったんだ。ちくしょう、どうしてこんな事に——」

「くすくす、どうも。こんにちは」

そんな彼に、嘲るような声がかけられる。

声の主はアレシアナ――いつもの気弱な雰囲気は一変しており、その冷めた表情は冷徹さを感じさせた。

「貴様は、アレシアナ！　おまえも我らの共犯者だ、逃げられると思うなよ！」

マルコスは、そうアレシアナを恫喝《どうかつ》する。

それだけでいつもならアレシアナは怯《おび》えて、マルコスに服従していただろう。しかし今日のアレシアナの表情は、どうにも底が見えず得体が知れなかった。

そもそもアレシアナは、どうやって輸送車に乗り込んだのだろう。そんなマルコスの不安を見抜いたかのように、アレシアナは楽しそうにくすりと笑った。

「くすくす、本当に偽りの経歴をすべて信じましたのね。いもしない妹を人質にとって、いつもいつでも威張り散らして――本当に、ちょろい方ですわね」

「アレシアナ……、おまえ、いったい何を？」

驚愕《きょうがく》に目を見開くマルコス。

「くすくす。世の中には、二種類の人間しかいない。そう思いませんこと？」

「な、何を――」

「利用する奴《やつ》と、利用される奴――もっともあなたは、もう手遅れかもしれませんけどね。ね、グズでノロマなマルコスさん？」

その言葉は、ちょっとした意趣返し。

最後の瞬間に、アレシアナはマルコスの無様な姿を嗤《わら》いにきたのだ。

己が絶対王者だと信じてやまない裸の王様——それがアレシアナから見たマルコスという男の評価であった。

「貴様ァァァァァア！」

「それじゃあ、お元気で。もうお会いする事もないでしょう」

アレシアナは、マルコスに精神汚染の魔法をかける。

効果は記憶操作——取り調べが行われる前に、アレシアナに関する記憶をサッパリ消去するのが、アレシアナがここを訪れたもう一つの目的だった。

さっきまでの怒りはどこへやら。

やがてマルコスは、とろんとした目でアレシアナを見て、

「何だここは。おまえは誰だ？」

そんな事を言い出した。

術が十分にかかったのを見て、アレシアナは輸送車から飛び降りる。

その間、僅か五分——目撃者すらいない早業であった。

アレシアナという少女——その正体は、マーブルロース王国と隣り合う強国——ヴァルキオン帝国から遣わされたスパイである。彼女は帝国の脅威となる存在を見つけ出す事と、侵略戦争の足掛

かりを得る事を目的としていた。

「帝国の障壁になるとしたら。王家の七盾でも、三大貴族でもなく――間違いなくこの少女、ですわね。報告、しないと――」

アレシアナは祖国に帰りながら、とある写真をピンと指差した。

その指先の写真では、一人の少女――フィアナが無邪気な笑みを浮かべており、

「もし、戦争をする事になったら。私は、あの人たちと対立する事になるんですね」

思わず溢《こぼ》れてしまったといった言葉。

「関係ない。私のすべては、偉大なるヴァルキオン帝国のため。この命は、そのためだけに永らえたのだから」

一瞬、芽生えてしまった感情にフタをするように。

アレシアナは、静かにそう呟《つぶや》くのだった。

書き下ろし番外編◆フィアナ、闇鍋パーティーに挑む

Atoha presents
Illustration by Koin

試験が終わって数日後。

「エリンちゃん、セシリアさん。闇鍋パーティー、やりましょう！」

静かな放課後の教室で、私――フィアナは、そう声をあげました。

「闇鍋、パーティー？」

「なんですの、それ？」

ピンと来ない様子で、エリンちゃんとセシリアさんが首を傾《かし》げます。

どうやらこの世界には、闇鍋という概念が無いようです。

「闇鍋パーティーっていうのはですね！　それぞれ食材を持ち寄って、即席で鍋を作るお祭りの事です！」

私は、そう力説します。

闇鍋パーティー――私がそのお祭りイベントに憧れを持ったのは、前世での病室暮らしを通じての事でした。

ときどき見ていた動画配信者の間では恒例企画でしたし、学生の間でも定番のイベントらしいのです。ワイワイと食材を持ち寄って鍋を食べる、どんなものが出来上がるか分からないお祭りのよ

うなイベント――素直に楽しそうだと思ったのです。

けれども悲しいかな、万年病院生活の前世の私にはついぞ縁のない話でした。

そんなわけで私にとって闇鍋パーティーというのは、友達ができたらやってみたい事の一つになっていました。

「どんなものを作るかは、前もって決めたりはしないんですの？」

「はい！　当日のお楽しみです！」

どんなものができるか分からないのが、闇鍋の醍醐味《だいごみ》――と聞きました。

「さすがフィアナちゃん、面白そう！」

「も、もちろんワタクシも参加しますわ！」

テンション高く話す私に興味を惹《ひ》かれたのか、最後には二人ともすっかり乗り気になってくれたようで、

「決まりですね！　それでは今週の休日に、集まりましょう――えへへ、私、とっておきの食材を用意しておきますね！」

私は、無事、闇鍋の約束を取り付ける事に成功したのでした。

「フィアナちゃん。食材って、どんなものを用意すればいいの？」

「遠慮せずに、好きなものを選ぶと良いと思います！」

自信満々の笑顔で答える私。

――そのアドバイスが後に悲劇を生み出す事になるとは、そのときの私は想像もしていなかったのです。

「好きなもの、ですの？」

「はい！　好きなもの、オススメしたいもの、あるいは普段は食べられないもの？　むしろ、無難なものなんて、闇鍋では邪道。大丈夫、食べ物ならどうにかなります！」

「無難は邪道、食べられれば何でもオッケー……、分かりました！」

「…………本当ですの？」

ちなみに私は、闇鍋はエアプ――一度も経験はありません。

すべては動画配信の受け売りなのです。

私の言葉を聞いて、エリンちゃんは「頼もしいです！」と目を輝かせますが、セシリアさんは疑わしそうにジト目で私を見てきます。

「う～ん、私は――ドラゴン？　オーク？　それともワイバーン？」

ワクワクと、獲物に思いを馳《は》せる私。

「楽しみですね、お鍋！」

「……なぜでしょう、そこはかとなく嫌な予感が――えっと、ヘレナさんとマーガレットさんは、料理はできましたっけ」

エリンちゃんはいつものように目をキラキラさせており、一方、セシリアさんは何故《なぜ》だか引きつった笑みを浮かべていたのでした。

＊＊＊

そうして、闇鍋パーティー当日がやってきました。

「決めました！　やっぱり王道はドラゴン。ドラゴンしかありませんね！」

そう決意した私は、早起きして寮を飛び出します。

目的地は、隣の大陸――狙いは柔らかいドラゴンのお肉です。

何が獲れるかはお楽しみ。それでも獲れたてのドラゴンは、どんなお鍋に入れても満足度の高い最高の食材だと思うのです。

そんな訳で、獲物を求めて大陸を走り回る事数時間――私は、遠目に小さなドラゴンを発見します。

一メートル弱のトカゲのようなドラゴンで、引き締まった身が絶品です。

（ちょっと小振りで、いいサイズですね！）

「えいっ！」

私は気配を殺してドラゴンに飛びかかり、急所に拳を打ち込みます。

幸い、勘は鈍っていなかったようで一撃でドラゴンを仕留める事に成功しました。

(うん、今日も絶好調!)

(ありがとうございます、健康な身体《からだ》!)

断末魔の悲鳴すらなく、ぱたりと倒れ伏すドラゴン。

一丁上がりです。

(ふ~む。お鍋ですし、ついでにお野菜とかも採っていきますか!)

(隠し味にはピッタリです!)

まだ時間には余裕があります。

その後私はハーブを摘み、ドラゴンを背負って学園に戻るのでした。

＊＊＊

闇鍋パーティーは、寮の正面の歓談スペースで行う事になりました。

セシリアさんの住む貴族寮には広大な庭園が併設されており、許可さえ取れば自由にスペースを使う事ができるのです。

集合場所にいたのは、私、セシリアさん、エリンちゃんに加え、準備を手伝ってくれる事になったヘレナさんとマーガレットさん。

（セシリアさん様々ですね！）

「フィアナさん……、とんでもないものを持ってきましたのね」

そうして合流場所に現れた私を見て、セシリアさんはあんぐりと口を開けました。

「えへへ、獲れたてですよ！」

「いやいやいやいや!?」

「美味《おい》しそうですね！」

「味は期待していて下さいね！」

目をまんまるにしているセシリアさんとは対照的に、エリンちゃんはのんびりとした笑みを浮かべています。

「まあ、フィアナさんですし」

「うん。フィアナさんですからね」

一方、ヘレナさんたちは、呆《あき》れつつも納得したような表情を浮かべており、

「え……、え？　ワタクシがおかしいんですの!?」

セシリアさんの絶叫が、あたりに響き渡るのでした。

「それでは、始めましょう！」

「「おー！」」

そうして、ついに闇鍋パーティーが始まります。

ちなみに今回の闇鍋は、あえて各々が持ってきた食材は内緒です。理由は、その方がワクワクして楽しいからです！

（とはいっても、私のはバレバレですけどね！）

（どんなものができあがるか、楽しみです！）

私は火を起こす魔法陣を描き、その上に巨大な錬金釜を置きます。

ドラゴンが入る鍋なんてあるはずもなく、巨大な錬金釜をお鍋として借りてきたのです。

ヘレナさんとマーガレットさんが下準備を手伝ってくれたおかげで、すでに鍋からは良い匂いが漂ってきていました。

「え～い！」

最後の仕上げとばかりに、私たちは目を閉じ鍋にそれぞれの食材を投入していきます。

私は、鍋をぐるぐるとかき混ぜて、

（これがファンタジー世界の闇鍋！）

（面白いですね！　まさか――鍋に色がつくなんて！）

鍋が真っ赤に染まったのを見て、目を丸くします。

「わあ、綺麗《きれい》！」

「面白いですね、魔法学の実験みたいです！」

「それ、料理の感想として大丈夫ですの？」

不安を隠しきれないセシリアさん。

「えっと……、皆さん持ってきたのは食材ですよね？」

「はい！」

「ワタクシもですわ！」

「ならきっと、食べられるものができると思います！　大丈夫です、何ができるか分からないのも、闇鍋の醍醐味ですから！」

ぐるぐる、ぐるぐる。

私は更に鍋を煮込んでいき――さすがに異変に気が付きます。

甘いような、辛いような――考えたら負け、みたいな匂いがしてきました。

おまけに色は、さらに見ていて不安になる輝きを増しており……、具体的には、鍋は真紅に染まり、なぜか湯気が虹色に変化しており……、

「魔王が、魔王がまた何かやってるぞ！」

「なんだなんだ、黒魔術の開発か？」

「シーッ、見たら呪われるぞ!?」

通りがかりの人々からは、そんなささやき声が聞こえてきました。

（むっ、失礼な！）

（たしかに見た目は……、そこはかとなく怪しいですが！　きっと、たぶん、美味しいはず！）

みんな持ってきたものには、自信満々でしたし。

そんなこんなで不安になりながらも、具材に火が通るのを待ち、

「ジャーン、完成です！」

（たぶん……！）

とりあえずドラゴンのお肉が煮えたのを確認し、私はそう宣言するのでした。


――それは、不思議な見た目をしていました。

（う、うわぁ……）

ファンタジー世界での闇鍋――それは、前世のものとは比べ物にならないほどに、カオスな代物が完成するようです。

私は、真っ赤な鍋を見ながら……、

「えっと……、誰か炎のマナを生み出しそうなもの入れましたか？」

「わ、ワタクシは、イフリータ煎餅を！」

「私も、レッドピーチを――煮ても美味しいって書いてあって……」

「……私も、爆裂ハーブを採ってきましたね」

広がる沈黙。

どうやら食品に含まれる炎のマナが互いに干渉しあって、鍋を恐ろしいまでの赤色に染め上げたようです――たぶん。

ちなみに真っ赤な見た目の通り、その鍋は激辛スパイスのような味がしました。本当に火を吐けそうなぐらいに辛かったのです。

そんな魔法薬の授業の実験のような成果を見ながら、私は鍋を掬《すく》い……、

「な、なんかドロッとしてますね……」

「あ、それたぶんクレープです」

「!? クレープ、ですの!?」

「……大好きなもの、入れるといいって言ってたから――」

「あ――でも、良い感じに、辛さを中和できるかもしれませんね！」

ちなみに、クレープを入れた犯人はエリンちゃん。

ちゃっかり甘党だったエリンちゃんは、好きという理由だけで思い切ってクレープを持ち込んだらしいのです――ある意味、闇鍋をよく理解している行動とも言えます。

（そして一番の問題は……辛さでも、甘さでもなく――）

「ところで激辛スパイスで隠しきれないぐらいに、エーテルポーションの薬品みたいな後味が口に残るんですが!? 誰か、薬、入れましたか!?」

「あ、それはワタクシですわね！ やっぱり魔法使いたるもの、常に栄養面には気を遣うべきだと

思いますの！」

「セシリアさん、いつもこんな恐ろしいもの飲んでるんですか!?」

「うぅ……。苦い――」

「慣れれば美味しいですわよ？　今度、一ダースプレゼントしますわ！」

一方、セシリアさんが持ち込んだ食材であるポーションも、なかなかに毒々しい苦味をトッピングしており……、

（うぅ……、異世界闇鍋、怖いです――）

私は涙目になりながらも、

「闇鍋のルールは、作ったものは必ず完食する事。頑張りましょう！」

「「はい……（ですわ）」」

初めての闇鍋は、ある意味忘れられないものになったのでした。

あとがき

はじめましての方は、はじめまして。お久しぶりですの方は、いつもありがとうございます！

このたびは拙作「病弱少女、転生して健康な肉体（最強）を手に入れる」を手に取って頂き、誠にありがとうございます。

本作のコンセプトをひと言で言うなら、可愛《かわい》い女の子がワチャワチャしながら、無自覚にやらかしちゃうお話っていいよね!!!!　というところでしょうか。好き勝手に書いた本作ですが、少しでも読者の皆さまのお口に合えば幸いです。

それでは謝辞を。まずは本作を買ってくださった皆さま、『小説家になろう』で応援してくださった読者の皆さまに、最大限の感謝を。

担当のNさま、丁寧に進行をして頂きありがとうございます。頂いたアドバイスのお陰で、数段ブラッシュアップされて面白いものに仕上がったと思います。

イラストレーターの狐印さま、イラストが届くたびにあまりの可愛らしさにどひゃーと声をあげていました。素敵なイラストに仕上げて頂きありがとうございます。

それでは、また二巻でお会いできる事を願いつつ。

アトハ

OVERLAP NOVELS

病弱少女、転生して健康な肉体（最強）を手に入れる 1
～友達が欲しくて魔境から旅立ったのですが、どうやら私の魔法は少しおかしいようです!?～

発　行　2024年4月25日　初版第一刷発行

著　者　アトハ
イラスト　狐印
発行者　永田勝治
発行所　株式会社オーバーラップ
〒141-0031
東京都品川区西五反田8-1-5
校正・DTP　株式会社鷗来堂
印刷・製本　大日本印刷株式会社

ISBN　978-4-8240-0797-1 C0093

【オーバーラップ　カスタマーサポート】
電　話　03-6219-0850
受付時間　10時～18時（土日祝日をのぞく）

作品のご感想、ファンレターをお待ちしています

あて先：〒141-0031　東京都品川区西五反田8-1-5 五反田光和ビル4階　ライトノベル編集部
「アトハ」先生係／「狐印」先生係